100年読み継がれる名作

芥川龍之介《あくたがわりゅうのすけ》

短編集《たんぺんしゅう》

蜘蛛の糸・羅生門など

絵　福田利之
監修　庄司達也

【この本について】

・この本は「芥川龍之介全集」（角川書店）を底本としています。
・旧字・旧仮名づかいは、新字・新仮名づかいとし、現代送りがなを使用しています。また、読みやすいように、一部改行や句読点の位置を変えています。
・原文をそこなうおそれが少ないと思われるものは、漢字を仮名に、仮名を漢字に改めました。
・本文の漢字には、ふりがなをつけています。
・難しい言葉や語句については＊をつけ、本文の下部に説明を入れています。
・現在の人権を守る立場からすると、適切でないと思われる表現がありますが、作品の書かれた時代背景、作者に人権侵害の意図がなかったことをふまえ、できる限り、原文のまま掲載しています。

もくじ

蜘蛛《くも》の糸《いと》……7

極楽《ごくらく》の蓮《はす》の間《あいだ》から地獄《じごく》を見下《みお》ろすお釈迦《しゃか》さま。
一匹《いっぴき》の蜘蛛《くも》を助《たす》けたことのある
泥棒《どろぼう》の犍陀多《かんだた》を見《み》つけると、
蜘蛛《くも》の糸《いと》を垂《た》らしてやるのですが……。

トロッコ……14

時折《ときおり》思《おも》い出《だ》す幼児《ようじ》の記憶《きおく》。
トロッコに乗《の》せてもらい、遠《とお》くまで来《き》た良平《りょうへい》。
夕暮《ゆうぐ》れ時《どき》となり一人《ひとり》で帰《かえ》れと言《い》われ、
心細《こころぼそ》さから、家《いえ》に向《む》かって
一所懸命《いっしょけんめい》に走《はし》るのでした。

鼻《はな》……24

人並《ひとな》み外《はず》れた長《なが》い鼻《はな》を持《も》つことを気《き》に病《や》む
高僧《こうそう》の禅智内供《ぜんちないぐ》。
ようやく短《みじか》くすることが叶《かな》い、
もう笑《わら》われることはないと思《おも》うのですが……。

蜜柑《みかん》……36

汽車《きしゃ》の中《なか》で、奉公先《ほうこうさき》に向《む》かう
みすぼらしい娘《むすめ》に
嫌《いや》な感《かん》じを抱《いだ》いた私《わたし》。
ある踏《ふ》みきりで見送《みおく》りに来《き》たのだろう
弟《おとうと》たちに持《も》っていた蜜柑《みかん》を
窓《まど》から投《な》げ与《あた》える姿《すがた》を見《み》て……。

羅生門《らしょうもん》……44

主人《しゅじん》から暇《ひま》を出《だ》されて
途方《とほう》に暮《く》れる下人《げにん》。
羅生門《らしょうもん》で死人《しにん》の髪《かみ》の毛《け》を抜《ぬ》く
老婆《ろうば》に出会《であ》い、盗人《ぬすびと》になることを
決意《けつい》するのですが……。

仙人《せんにん》……58

仙人《せんにん》になりたいと大阪《おおさか》の町《まち》に出《で》てきた権助《ごんすけ》。
医者《いしゃ》の女房《にょうぼう》からただ働《ばたら》きの奉公《ほうこう》を
二十年《ねん》すればその方法《ほうほう》を教《おし》えてやると
言《い》われ……。

舞踏会《ぶとうかい》……66

鎌倉《かまくら》の別荘《べっそう》へと列車《れっしゃ》で向《む》かうH老夫人《エイチろうふじん》。
知《し》り合《あ》いの青年作家《せいねんさっか》に、鹿鳴館《ろくめいかん》であった
少女《しょうじょ》の頃《ころ》の美《うつく》しい舞踏会《ぶとうかい》の思《おも》い出《で》を
語《かた》るのでした。

白《しろ》……78

犬殺《いぬころ》しに行《ゆ》き会《あ》い、恐怖《きょうふ》から親《した》しい友《とも》を
見殺《みごろ》しにしたことで黒毛《くろげ》になってしまった白《しろ》。
家《いえ》を追《お》い出《だ》された白《しろ》は街《まち》をさまよい……。

魔術《まじゅつ》……94

魔術《まじゅつ》を使《つか》うインド人《じん》のミスラくん。
欲《よく》があっては身《み》に付《つ》かないと言《い》われた私《わたし》は、
欲《よく》を捨《す》てる約束《やくそく》をして彼《かれ》に
魔術《まじゅつ》を習《なら》うのですが……。

杜子春《とししゅん》……110

世《よ》の中《なか》に望《のぞ》みを持《も》てなくなった杜子春《とししゅん》は、
仙人《せんにん》になりたいと峨眉山《がびさん》で試練《しれん》に
耐《た》えるのですが、馬《うま》になった亡《な》き父母《ふぼ》が
鞭《むち》に打《う》たれる姿《すがた》を見《み》て……。

芥川龍之介年譜《あくたがわりゅうのすけねんぷ》……132

「芥川龍之介《あくたがわりゅうのすけ》」文学《ぶんがく》の世界《せかい》……134

解説《かいせつ》……140

蜘《く》蛛《も》の糸《いと》

一

ある日《ひ》のことでございます。お釈迦《しゃか》さまは極楽《ごくらく》の蓮池《はすいけ》のふちを、ひとりでぶらぶらお歩《ある》きになっていらっしゃいました。池《いけ》の中《なか》に咲《さ》いている蓮《はす》の花《はな》は、みんな玉《たま》のようにまっ白《しろ》で、そのまん中《なか》にある金色《きんいろ》のずい*からは、なんともいえないよいにおいが、たえまなくあたりへあふれております。極楽《ごくらく》はちょうど朝《あさ》でございました。

やがてお釈迦《しゃか》さまはその池《いけ》のふちにおたたずみになって、水《みず》の面《おもて》をおおっている蓮《はす》の葉《は》の間《あいだ》から、ふと下《した》の様子《ようす》をごらんになりました。この極楽《ごくらく》の蓮池《はすいけ》の下《した》は、ちょうど地《じ》獄《ごく》の底《そこ》に当《あ》たっておりますから、水晶《すいしょう》のような水《みず》を透《す》きとおして、*三途《さんず》の河《かわ》や針《はり》の山《やま》の

ずい
花《はな》のおしべとめしべのこと。

三途《さんず》の河《かわ》
人《ひと》が死《し》んであの世《よ》に行《い》く途中《とちゅう》に越《こ》えるという川《かわ》。

景色《けしき》が、ちょうど*のぞき眼鏡《めがね》を見《み》るように、はっきりと見《み》えるのでございます。

するとその地獄《じごく》の底《そこ》に、犍陀多《かんだた》という男《おとこ》が一人《ひとり》、ほかの罪人《ざいにん》といっしょにうごめいている姿《すがた》が、お眼《め》に止《と》まりました。この犍陀多《かんだた》という男《おとこ》は、人《ひと》を殺《ころ》したり家《いえ》に火《ひ》をつけたり、いろいろ悪事《あくじ》をはたらいた大《おお》どろぼうでございますが、それでもたった一《ひと》つ、よいことをいたした覚《おぼ》えがございます。と申《もう》しますのは、ある時《とき》この男《おとこ》が深《ふか》い林《はやし》の中《なか》を通《とお》りますと、小《ちい》さな蜘蛛《くも》が一匹《いっぴき》、みちばたを這《は》ってゆくのが見《み》えました。そこで犍陀多《かんだた》はさっそく足《あし》をあげて、踏《ふ》み殺《ころ》そうといたしましたが、「いや、いや、これも小《ちい》さいながら、命《いのち》のあるものに違《ちが》いない。その命《いのち》をむやみにとるということは、いくらなんでもかわいそうだ。」

と、こう急《きゅう》に思《おも》いかえして、とうとうその蜘蛛《くも》を殺《ころ》さずに助《たす》けてやりました。

お釈迦《しゃか》さまは地獄《じごく》の様子《ようす》をごらんになりながら、この犍陀多《かんだた》には蜘蛛《くも》を助《たす》けたことがあるのをお思《おも》い出《だ》しになりました。そうしてそれだけのよいことをした報《むく》いには、できるならこの男《おとこ》を地獄《じごく》から救《すく》い出《だ》してやろうとお考《かんが》えになりました。

さいわい、そばをごらんになりますと、*翡翠《ひすい》のような色《いろ》をした蓮《はす》の葉《は》の上《うえ》に、極楽《ごくらく》の蜘蛛《くも》が一匹《いっぴき》、美《うつく》しい銀色《ぎんいろ》の糸《いと》をかけておりました。お釈迦《しゃか》さまはその蜘蛛《くも》の糸《いと》をそっとお手《て》にお取《と》りになりました。そうして、それを、玉《たま》のような白蓮《しらはす》の間《あいだ》から、はるか下《した》にある地獄《じごく》の底《そこ》へまっすぐにお下《お》ろしなさいました。

のぞき眼鏡《めがね》 箱《はこ》の中《なか》に入《い》れた数《すう》枚《まい》の絵《え》を順番《じゅんばん》に回《まわ》し、客《きゃく》にのぞかせる見《み》せ物《もの》。のぞきからくり、からくり眼鏡《めがね》ともいう。

翡翠《ひすい》 緑色《みどりいろ》の美《うつく》しい宝《ほう》石《せき》。

二

こちらは地獄《じごく》の底《そこ》の血《ち》の池《いけ》で、ほかの罪人《ざいにん》といっしょに、浮《う》いたりしずんだりしていた犍陀多《かんだた》でございます。なにしろどちらを見《み》てもまっ暗《くら》で、たまにそのくらやみからぼんやり浮《う》きあがっているものがあると思《おも》いますと、それは恐《おそ》ろしい針《はり》の山《やま》の針《はり》が光《ひか》るのでございますから、その心細《こころぼそ》さといったらございません。

そのうえあたりは墓《はか》の中《なか》のようにしんと静《しず》まりかえって、たまに聞《き》こえるものといっては、ただ罪人《ざいにん》がつくかすかな嘆息《たんそく》ばかりでございます。これはここへ落《お》ちてくるほどの人間《にんげん》は、もうさまざまな地獄《じごく》の責苦《せめく》に疲《つか》れはてて、泣《な》き声《ごえ》を出《だ》す力《ちから》さえなくなっているのでございました。ですから、さすが大《おお》どろぼうの犍陀多《かんだた》も、やはり血《ち》の池《いけ》の血《ち》にむせびながら、まるで死《し》にかかった蛙《かえる》のように、ただもがいてばかりおりました。

ところがある時《とき》のことでございます。なにげなく犍陀多《かんだた》が頭《あたま》をあげて、血《ち》の池《いけ》の空《そら》をながめますと、そのひっそりとしたやみの中《なか》を、遠《とお》い遠《とお》い天《てん》の上《うえ》から、銀色《ぎんいろ》の蜘蛛《くも》の糸《いと》が、まるで人目《ひとめ》にかかるのを恐《おそ》れるように、ひとすじ細《ほそ》く光《ひか》りながら、するすると、自《じ》分《ぶん》の上《うえ》へ垂《た》れてまいるではございませんか。犍陀多《かんだた》はこれを見《み》ると、思《おも》わず手《て》を打《う》って喜《よろこ》びました。この糸《いと》にすがりついて、どこまでものぼってゆけば、きっと地獄《じごく》からぬけ出《だ》せるのに相違《そうい》ございません。いや、うまくいくと、極楽《ごくらく》へはいることさえもできましょう。そうすれば、もう針《はり》の山《やま》へ追《お》いあげられることもなくなれば、血《ち》の池《いけ》に沈《しず》められることもあるはずはございません。

　こう思《おも》いましたから犍陀多《かんだた》は、さっそくその蜘蛛《くも》の糸《いと》を両手《りょうて》でしっかりとつかみながら、一生懸命《いっしょうけんめい》に上《うえ》へ上《うえ》へと、たぐりのぼりはじめました。もとより大《おお》どろぼうのことでございますから、こういうことには、昔《むかし》から慣《な》れきっているのでございます。

　しかし地獄《じごく》と極楽《ごくらく》との間《あいだ》は、*何万里《なんまんり》となく隔《へだ》っているものですから、いくらあせってみたところで、よういに上《うえ》へは出《で》られません。ややしばらくのぼるうちに、とうとう犍陀多《かんだた》もくたびれて、もうひとたぐりも上《うえ》の方《ほう》へは、のぼれなくなってしまいました。そこでしかたがございませんから、まずひと休《やす》み休《やす》むつもりで、糸《いと》の中途《ちゅうと》にぶら下《さ》がりながら、はるかに目《め》の下《した》を見下《みお》ろしました。

　すると一生懸命《いっしょうけんめい》にのぼったかいがあって、さっきまで自分《じぶん》がいた血《ち》の池《いけ》は、今《いま》ではもういつの間《ま》にか、やみの底《そこ》にかくれておりました。それからあのぼんやり光《ひか》っていた恐《おそ》ろしい針《はり》の山《やま》も、足《あし》の下《した》になってしまいました。この分《ぶん》でのぼっていけば、地獄《じごく》からぬけ出《だ》すのも、*存外《ぞんがい》わけがないかもしれません。犍陀多《かんだた》は両手《りょうて》を蜘蛛《くも》の糸《いと》にからみながら、ここへ来《き》てから何年《なんねん》にも出《だ》したことのない声《こえ》で、「しめた。しめた。」と笑《わら》いました。

　ところがふと気《き》がつきますと、蜘蛛《くも》の糸《いと》の下《した》の方《ほう》には、数限《かずかぎ》りもない罪人《ざいにん》たちが、自分《じぶん》ののぼったあとをつけて、まるで蟻《あり》の行列《ぎょうれつ》のように、やはり上《うえ》へ上《うえ》へ一心《いっしん》によじのぼってくるではございませんか。犍陀多《かんだた》はこれを見《み》ると、驚《おどろ》いたのと恐《おそ》ろしいのとで、しばらくはただ、ばかのように大《おお》きな口《くち》を開《あ》いたまま、眼《め》ばかり動《うご》かしておりました。

何万里《なんまんり》
一万里《いちまんり》は約《やく》三万九千キロメートル。果《は》てしなく遠《とお》いこと。

存外《ぞんがい》わけがない
思《おも》ったよりも簡単《かんたん》なこと。

自分一人《じぶんひとり》でさえきれそうな、この細《ほそ》い蜘蛛《くも》の糸《いと》が、どうしてあれだけの人数《にんずう》の重《おも》みにたえることができましょう。もし万一《まんいち》、途中《とちゅう》できれたといたしましたら、せっかくここへまでのぼってきた、このかんじんな自分《じぶん》までも、元《もと》の地獄《じごく》へ逆落《さかお》としに落《お》ちてしまわなければなりません。そんなことがあったら、大変《たいへん》でございます。
が、そういううちにも、罪人《ざいにん》たちは何百《なんびゃく》となく何千《なんぜん》となく、まっ暗《くら》な血《ち》の池《いけ》の底《そこ》から、うようよと這《は》いあがって、細《ほそ》く光《ひか》っている蜘蛛《くも》の糸《いと》を、一列《いちれつ》になりながら、せっせとのぼってまいります。今《いま》のうちにどうかしなければ、糸《いと》はまん中《なか》から二《ふた》つにきれて、落《お》ちてしまうのに違《ちが》いありません。

そこで犍陀多《かんだた》は大《おお》きな声《こえ》を出《だ》して、「こら、罪人《ざいにん》ども。この蜘蛛《くも》の糸《いと》はおれのものだぞ。おまえたちはいったいだれの許《ゆる》しをうけて、のぼってきた？　下《お》りろ。下《お》りろ。」とわめきました。

そのとたんでございます。今《いま》までなんともなかった蜘蛛《くも》の糸《いと》が、急《きゅう》に犍陀多《かんだた》のぶら下《さ》がっているところから、ぷつりと音《おと》を立《た》ててきれました。ですから、犍陀多《かんだた》もたまりません。あっという間《ま》もなく風《かぜ》を切《き》って、こまのようにくるくる回《まわ》りながら、みるみるうちにやみの底《そこ》へ、まっさかさまに落《お》ちてしまいました。

あとにはただ極楽《ごくらく》の蜘蛛《くも》の糸《いと》が、きらきらと細《ほそ》く光《ひか》りながら、月《つき》も星《ほし》もない空《そら》の中途《ちゅうと》に、短《みじか》く垂《た》れているばかりでございます。

三

お釈迦《しゃか》さまは極楽《ごくらく》の蓮池《はすいけ》のふちに立《た》って、この一部始終《いちぶしじゅう》をじっと見《み》ていらっしゃいましたが、やがて犍陀多《かんだた》が血《ち》の池《いけ》の底《そこ》へ石《いし》のように沈《しず》んでしまいますと、悲《かな》しそうなお顔《かお》をなさりながら、またぶらぶらお歩《ある》きになりはじめました。自分《じぶん》ばかり地獄《じごく》からぬけ出《だ》そうとする、犍陀多《かんだた》の*無慈悲《むじひ》な心《こころ》が、そうしてその心相当《こころそうとう》な罰《ばつ》をうけて、元《もと》の地獄《じごく》へ落《お》ちてしまったのが、お釈迦《しゃか》さまのお眼《め》から見《み》ると、あさましくおぼしめされたのでございましょう。

しかし極楽《ごくらく》の蓮池《はすいけ》の蓮《はす》は、少《すこ》しもそんなことには頓着《とんじゃく》いたしません。その玉《たま》のような白《しろ》い花《はな》は、お釈迦《しゃか》さまのおみ足《あし》のまわりに、ゆらゆらと*うてなを動《うご》かしております。そのたんびに、まん中《なか》にある金色《こんじき》のずいからは、なんともいえないよいにおいが、たえまなくあたりにあふれ出《で》ます。極楽《ごくらく》ももうおひるに近《ちか》くなりました。

無慈悲《むじひ》
思《おも》いやりのない心《こころ》のこと。

うてな
花《はな》の一番外側《いちばんそとがわ》の花《はな》びらを囲《かこ》む部分《ぶぶん》。

トロッコ

小田原《おだわら》熱海《あたみ》間《かん》に、*軽便鉄道敷設《けいべんてつどうふせつ》の工事《こうじ》が始《はじ》まったのは、良平《りょうへい》の八《やっ》つの年《とし》だった。良平《りょうへい》は毎日村《まいにちむら》はずれへ、その工事《こうじ》を見物《けんぶつ》に行《い》った。工事《こうじ》を——といったところが、ただ*トロッコで土《つち》を運搬《うんぱん》する——それがおもしろさに見《み》に行《い》ったのである。

トロッコの上《うえ》には土工《どこう》が二人《ふたり》、土《つち》を積《つ》んだ後《うし》ろにたたずんでいる。トロッコは山《やま》を下《くだ》るのだから、人手《ひとで》を借《か》りずに走《はし》ってくる。あおるように車台《しゃだい》が動《うご》いたり、土工《どこう》のはんてんのすそがひらついたり、細《ほそ》い線路《せんろ》がしなったり——良平《りょうへい》はそんなけしきをながめながら、土工《どこう》になりたいと思《おも》うことがある。せめては一度《いちど》でも土工《どこう》といっしょに、トロッコへ乗《の》りたいと思《おも》うこともある。

トロッコは村《むら》はずれの平地《へいち》へ来《く》ると、自然《しぜん》とそこに止《と》まってしまう。と同時《どうじ》に土工《どこう》たちは、身軽《みがる》にトロッコを飛《と》びおりるが早《はや》いか、その線路《せんろ》の終点《しゅうてん》へ車《くるま》の土《つち》をぶちまける。

軽便鉄道《けいべんてつどう》
線路《せんろ》の幅《はば》が狭《せま》く、小型《こがた》の汽車《きしゃ》を走《はし》らせる鉄道《てつどう》。

トロッコ
レール上《じょう》を人《ひと》が押《お》して走《はし》る、小型《こがた》の貨車《かしゃ》。

それから今度《こんど》はトロッコを押《お》し押《お》し、もと来《き》た山《やま》の方《ほう》へのぼりはじめる。良平《りょうへい》はその時《とき》乗《の》れないまでも、押《お》すことさえできたらと思《おも》うのである。

ある夕方《ゆうがた》、——それは二月《にがつ》の初旬《しょじゅん》だった。良平《りょうへい》は二《ふた》つ下《した》の弟《おとうと》や、弟《おとうと》と同《おな》じ年《とし》の隣《となり》の子《こ》どもと、トロッコの置《お》いてある村《むら》はずれへ行《い》った。トロッコは泥《どろ》だらけになったまま、うす明《あか》るい中《なか》にならんでいる。が、そのほかはどこを見《み》ても、土工《どこう》たちの姿《すがた》は見《み》えなかった。三人《さんにん》の子《こ》どもは恐《おそ》る恐《おそ》る、いちばん端《はし》にあるトロッコを押《お》した。トロッコは三《さん》人《にん》の力《ちから》がそろうと、とつぜんごろりと車輪《しゃりん》をまわした。良平《りょうへい》はこの音《おと》にひやりとした。しかし二度目《にどめ》の車輪《しゃりん》の音《おと》は、もう彼《かれ》を驚《おどろ》かさなかった。ごろり、ごろり、——トロッコはそういう音《おと》とともに、三人《さんにん》の手《て》に押《お》されながら、そろそろ線路《せんろ》をのぼっていった。

そのうちにかれこれ*十間《じっけん》ほど来《く》ると、線路《せんろ》の勾配《こうばい》が急《きゅう》になりだした。トロッコも三人《さんにん》の力《ちから》では、いくら押《お》しても動《うご》かなくなった。どうかすれば車《くるま》といっしょに、押《お》しもどされそうにもなることがある。良平《りょうへい》はもういいと思《おも》ったから、年下《としした》の二人《ふたり》にあいずをした。

「さあ、乗《の》ろう?」

彼《かれ》らは一度《いちど》に手《て》をはなすと、トロッコの上《うえ》へ飛《と》び乗《の》った。トロッコは最初《さいしょ》おもむろに、それからみるみる勢《いきお》いよく、ひと息《いき》に線路《せんろ》を下《くだ》りだした。そのとたんにつき当《あ》たりの風《ふう》景《けい》は、たちまち両側《りょうがわ》へ分《わ》かれるように、ずんずん目《め》の前《まえ》へ展開《てんかい》してくる。——良平《りょうへい》は顔《かお》に吹《ふ》きつける日《ひ》の暮《く》れの風《かぜ》を感《かん》じながらほとんど有頂天《うちょうてん》になってしまった。

しかしトロッコは二《に》、三分《さんぷん》ののち、もうもとの終点《しゅうてん》に止《と》まっていた。

十間《じっけん》 約《やく》十八メートル。一間《いっけん》は約《やく》一・八メートル。

「さあ、もう一度《いちど》押《お》すじゃあ。」

良平《りょうへい》は年下《としした》の二人《ふたり》といっしょに、またトロッコを押《お》し上《あ》げにかかった。が、まだ車輪《しゃりん》も動《うご》かないうちに、とつぜん彼《かれ》らの後《うし》ろには、だれかの足音《あしおと》が聞《き》こえだした。のみならずそれは聞《き》こえだしたと思《おも》うと、急《きゅう》にこういうどなり声《ごえ》に変《か》わった。

「この野郎《やろう》！　だれに断《ことわ》ってトロにさわった？」

そこには古《ふる》い*印《しるし》ばんてんに、季節《きせつ》はずれのむぎわら帽《ぼう》をかぶった、背《せ》の高《たか》い土工《どこう》がたたずんでいる。――そういう姿《すがた》が目《め》にはいった時《とき》、良平《りょうへい》は年下《としした》の二人《ふたり》といっしょに、もう五、六間《ろっけん》逃《に》げ出《だ》していた。――それぎり良平《りょうへい》は使《つか》いの帰《かえ》りに、人気《ひとけ》のない工事場《こうじば》のトロッコを見《み》ても、二度《にど》と乗《の》ってみようと思《おも》ったことはない。ただその時《とき》の土工《どこう》の姿《すがた》は、今《いま》でも良平《りょうへい》の頭《あたま》のどこかに、はっきりした記憶《きおく》を残《のこ》している。うす明《あ》かりの中《なか》にほのめいた、小《ちい》さい黄色《きいろ》のむぎわら帽《ぼう》、――しかしその記憶《きおく》さえも、年《とし》ごとに色彩《しきさい》はうすれるらしい。

そののち十日《とおか》あまりたってから、良平《りょうへい》はまたたった一人《ひとり》、ひる過《す》ぎの工事場《こうじば》にたたずみながら、トロッコの来《く》るのをながめていた。すると土《つち》を積《つ》んだトロッコのほかに、枕木《まくらぎ》を積《つ》んだトロッコが一輛《いちりょう》、これは本線《ほんせん》になるはずの、太《ふと》い線路《せんろ》をのぼってきた。このトロッコを押《お》しているのは、二人《ふたり》とも若《わか》い男《おとこ》だった。良平《りょうへい》は彼《かれ》らを見《み》た時《とき》から、なんだか親《した》しみやすいような気《き》がした。「この人《ひと》たちならば叱《しか》られない。」――彼《かれ》はそう思《おも》いながら、トロッコのそばへかけていった。

印《しるし》ばんてん　えりや背中《せなか》などに屋号《やごう》、家紋《かもん》などを染《そ》め抜《ぬ》いたはんてんのこと。

「おじさん。押《お》してやろうか？」

その中《なか》の一人《ひとり》、——縞《しま》のシャツを着《き》ている男《おとこ》は、うつむきにトロッコを押《お》したまま、思《おも》ったとおりこころよい返《へん》事《じ》をした。

「おお、押《お》してくよう。」

良平《りょうへい》は二人《ふたり》の間《あいだ》にはいると、力《ちから》いっぱい押《お》しはじめた。

「われはなかなか力《ちから》があるな。」

他《た》の一人《ひとり》、——耳《みみ》に巻煙草《まきたばこ》をはさんだ男《おとこ》も、こう良平《りょうへい》をほめてくれた。

そのうちに線路《せんろ》の勾配《こうばい》は、だんだん楽《らく》になりはじめた。「もう押《お》さなくともいい。」——良平《りょうへい》は今《いま》にも言《い》われるかと内心気《ないしんき》がかりでならなかった。が、若《わか》い二人《ふたり》の土工《どこう》は、前《まえ》よりも腰《こし》を起《お》こしたぎり、もくもくと車《くるま》を押《お》し続《つづ》けていた。良平《りょうへい》はとうとうこらえきれずに、

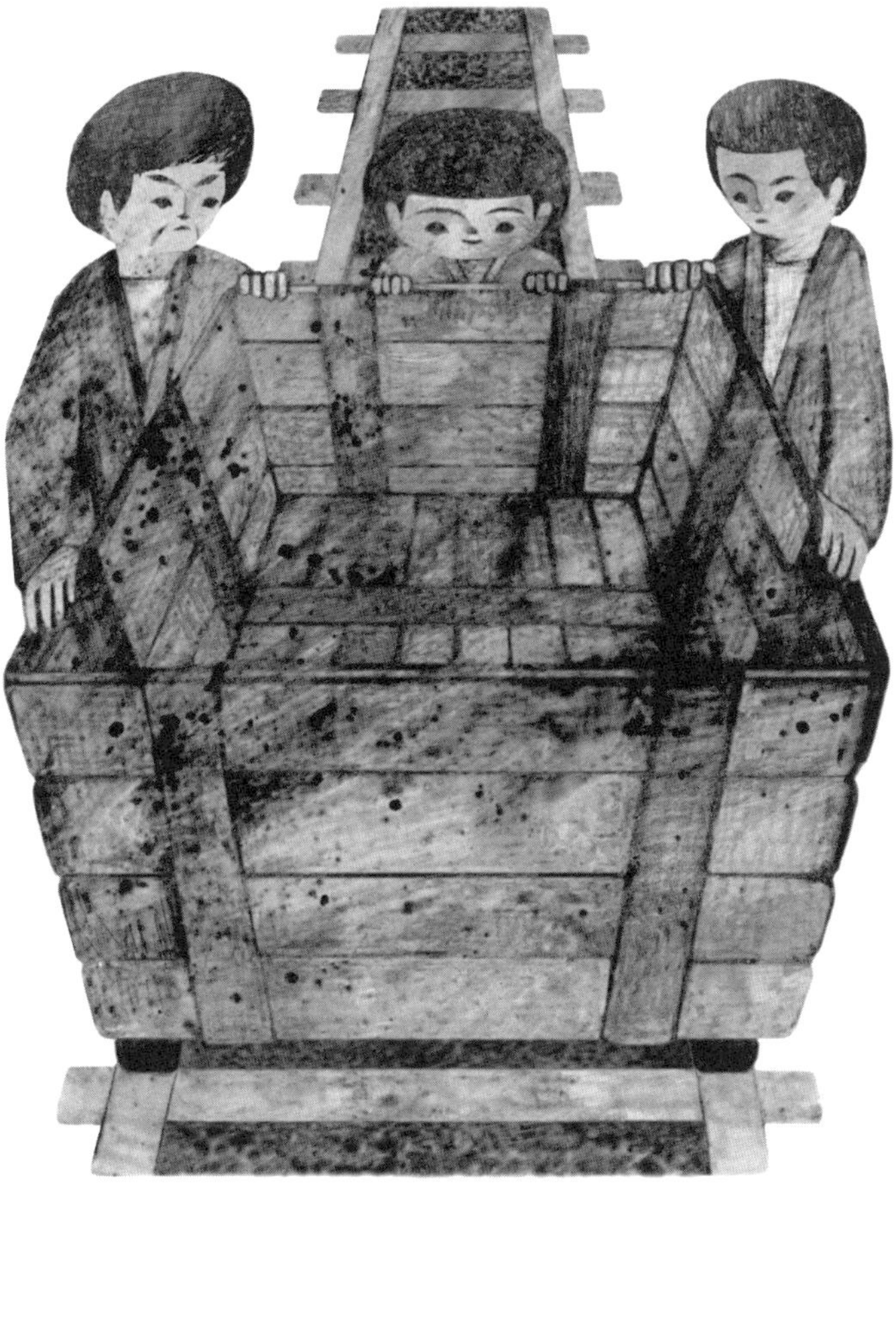

おずおずこんなことをたずねてみた。

「いつまでも押《お》していていい?」

「いいとも。」

二人《ふたり》は同時《どうじ》に返事《へんじ》をした。良平《りょうへい》は「やさしい人《ひと》たちだ」と思《おも》った。

*五《ご》、六町《ろくちょう》あまり押《お》し続《つづ》けたら、線路《せんろ》はもう一度急勾配《いちどきゅうこうばい》になった。そこには両側《りょうがわ》の蜜柑畑《みかんばたけ》に、黄色《きいろ》い実《み》がいくつも日《ひ》を受《う》けている。

「のぼり路《みち》のほうがいい、いつまでも押《お》させてくれるから。」——良平《りょうへい》はそんなことを考《かんが》えながら、全身《ぜんしん》でトロッコを押《お》すようにした。

蜜柑畑《みかんばたけ》の間《あいだ》をのぼりつめると、急《きゅう》に線路《せんろ》は下《くだ》りになった。縞《しま》のシャツを着《き》ている男《おとこ》は、良平《りょうへい》に「やい、乗《の》れ」と言《い》った。良平《りょうへい》はすぐに飛《と》び乗《の》った。トロッコは三人《さんにん》が乗《の》り移《うつ》ると同時《どうじ》に、蜜柑畑《みかんばたけ》のにおいをあおりながら、ひたすべりに線路《せんろ》を走《はし》りだした。「押《お》すよりも乗《の》るほうがずっといい。」——良平《りょうへい》は羽織《はおり》に風《かぜ》をはらませながら、あたりまえのことを考《かんが》えた。「行《い》きに押《お》すところが多《おお》ければ、帰《かえ》りにまた乗《の》るところが多《おお》い。」——そうもまた考《かんが》えたりした。

竹《たけ》やぶのあるところへ来《く》ると、トロッコは静《しず》かに走《はし》るのをやめた。三人《さんにん》はまた前《まえ》のように、重《おも》いトロッコを押《お》しはじめた。竹《たけ》やぶはいつか雑木林《ぞうきばやし》になった。*つまさき上《あ》がりのところどころには、赤《あか》さびの線路《せんろ》も見《み》えないほど、落《お》ち葉《ば》のたまっている場所《ばしょ》もあった。その路《みち》をやっとのぼりきったら、今度《こんど》は高《たか》い崖《がけ》のむこうに、ひろびろとうすら寒《さむ》い

五《ご》、六町《ろくちょう》 約《やく》五百~六百メートル。一町《いっちょう》は約《やく》百九メートル。

つまさき上《あ》がり 次第《しだい》にのぼり坂《ざか》になること。

海《うみ》が開《ひら》けた。と同時《どうじ》に良平《りょうへい》の頭《あたま》には、あまり遠《とお》く来《き》すぎたことが、急《きゅう》にはっきりと感《かん》じられた。

三人《さんにん》はまたトロッコへ乗《の》った。車《くるま》は海《うみ》を右《みぎ》にしながら、雑木《ぞうき》の枝《えだ》の下《した》を走《はし》っていった。しかし良平《りょうへい》はさっきのように、おもしろい気《き》もちにはなれなかった。「もう帰《かえ》ってくればいい。」――彼《かれ》はそうも念《ねん》じてみた。が、行《い》くところまで行《い》きつかなければ、トロッコも彼《かれ》らも帰《かえ》れないことは、もちろん彼《かれ》にもわかりきっていた。

その次《つぎ》に車《くるま》の止《と》まったのは、切《き》りくずした山《やま》を背負《せお》っている、わら屋根《やね》の茶店《ちゃみせ》の前《まえ》だった。二人《ふたり》の土工《どこう》はその店《みせ》へはいると、乳呑《ちの》み児《ご》をおぶったかみさんを相手《あいて》に、ゆうゆうと茶《ちゃ》などを飲《の》みはじめた。良平《りょうへい》はひとりいらいらしながら、トロッコのまわりを回《まわ》ってみた。トロッコにはがんじょうな車台《しゃだい》の板《いた》に、はねかえった泥《どろ》がかわいていた。

しばらくののち茶店《ちゃみせ》を出《で》てきしなに、巻煙草《まきたばこ》を耳《みみ》にはさんだ男《おとこ》は、（その時《とき》はもうはさんでいなかったが）トロッコのそばにいる良平《りょうへい》に新聞紙《しんぶんがみ》に包《つつ》んだ駄菓子《だがし》をくれた。良平《りょうへい》は冷淡《れいたん》に「ありがとう」と言《い》った。が、すぐに冷淡《れいたん》にしては、相手《あいて》にすまないと思《おも》い直《なお》した。彼《かれ》はその冷淡《れいたん》さをとりつくろうように、包《つつ》み菓子《がし》の一《ひと》つを口《くち》へ入《い》れた。菓子《かし》には新聞紙《しんぶんがみ》にあったらしい、石油《せきゆ》のにおいがしみついていた。

三人《さんにん》はトロッコを押《お》しながらゆるい傾斜《けいしゃ》をのぼっていった。良平《りょうへい》は車《くるま》に手《て》をかけていても、心《こころ》はほかのことを考《かんが》えていた。

その坂《さか》をむこうへ下《お》りきるとまた同《おな》じような茶店《ちゃみせ》があった。土工《どこう》たちがその中《なか》へ入《はい》ったあと、良平《りょうへい》はトロッコに腰《こし》をかけながら、帰《かえ》ることばかり気《き》にしていた。茶店《ちゃみせ》の前《まえ》には花《はな》のさいた梅《うめ》に、西日《にしび》の光《ひかり》が消《き》えかかっている。「もう日《ひ》が暮《く》れる。」——彼《かれ》はそう考《かんが》えると、ぼんやり腰《こし》かけてもいられなかった。トロッコの車輪《しゃりん》をけってみたり、一人《ひとり》では動《うご》かないのを承知《しょうち》しながらうんうんそれを押《お》してみたり、——そんなことに気《き》もちをまぎらせていた。

ところが土工《どこう》たちは出《で》てくると、車《くるま》の上《うえ》の枕木《まくらぎ》に手《て》をかけながら、無造作《むぞうさ》に彼《かれ》にこう言《い》った。

「われはもう帰《かえ》んな。おれたちは今日《きょう》はむこう泊《ど》まりだから。」

「あんまり帰《かえ》りがおそくなるとわれの家《うち》でも心配《しんぱい》するずら。」

良平《りょうへい》は一瞬間《いっしゅんかん》あっけにとられた。もうかれこれ暗《くら》くなること、去年《きょねん》の暮《く》れ、母《はは》と*岩村《いわむら》まで来《き》たが、今日《きょう》の路《みち》はその三《さん》、四倍《よんばい》あること、それを今《いま》からたった一人《ひとり》、歩《ある》いて帰《かえ》らなければならないこと、——そういうことが一時《いちじ》にわかったのである。良平《りょうへい》はほとんど泣《な》きそうになった。が、泣《な》いてもしかたがないと思《おも》った。泣《な》いている場合《ばあい》ではないとも思《おも》った。彼《かれ》は若《わか》い二人《ふたり》の土工《どこう》に、とってつけたようなおじぎをすると、どんどん線路《せんろ》づたいに走《はし》り出《だ》した。

良平《りょうへい》はしばらく無我夢中《むがむちゅう》に線路《せんろ》のそばを走《はし》り続《つづ》けた。そのうちにふところの菓子包《かしづつ》みが、じゃまになることに気《き》がついたから、それを路《みち》ばたへほうり出《だ》すついでに、*板《いた》ぞうりもそこへ脱《ぬ》ぎすててしまった。するとうすい足袋《たび》の裏《うら》へじかに小石《こいし》が食《く》いこんだが、

岩村《いわむら》 神奈川県足柄下郡《かながわけんあしがらしもぐん》にあった村《むら》のこと。現在《げんざい》の真鶴町岩地《まなづるまちいわち》区《く》。

板《いた》ぞうり 裏《うら》に板《いた》がはってあるぞうり。

足《あし》だけははるかに軽《かる》くなった。彼《かれ》は左《ひだり》に海《うみ》を感《かん》じながら、急《きゅう》な坂路《さかみち》をかけのぼった。ときどき涙《なみだ》がこみ上《あ》げてくると、自然《しぜん》に顔《かお》がゆがんでくる。——それは無理《むり》にがまんしても、鼻《はな》だけは絶《た》えずくうくう鳴《な》った。

竹《たけ》やぶのそばをかけぬけると、夕焼《ゆうや》けのした*日金山《ひがねやま》の空《そら》も、もうほてりが消《き》えかかっていた。良平《りょうへい》はいよいよ気《き》が気《き》でなかった。行《ゆ》きと帰《かえ》りと変《か》わるせいか、景色《けしき》の違《ちが》うのも不安《ふあん》だった。すると今度《こんど》は着物《きもの》までも、汗《あせ》のぬれとおったのが気《き》になったから、やはり必死《ひっし》にかけ続《つづ》けたなり、羽織《はおり》をみちばたへ脱《ぬ》いですてた。

蜜柑畑《みかんばたけ》へ来《く》るころには、あたりは暗《くら》くなる一方《いっぽう》だった。「命《いのち》さえ助《たす》かれば」——良平《りょうへい》はそう思《おも》いながら、すべってもつまずいても走《はし》っていった。

やっと遠《とお》い夕闇《ゆうやみ》の中《なか》に、村《むら》はずれの工事場《こうじば》が見《み》えた時《とき》、良平《りょうへい》はひと思《おも》いに泣《な》きたくなった。しかしその時《とき》もべそはかいたが、とうとう泣《な》かずにかけ続《つづ》けた。

彼《かれ》の村《むら》へはいってみると、もう両側《りょうがわ》の家々《いえいえ》には、電灯《でんとう》の光《ひかり》がさしあっていた。良平《りょうへい》はその電灯《でんとう》の光《ひかり》に頭《あたま》から汗《あせ》のゆげの立《た》つのが、彼自身《かれじしん》にもはっきりわかった。井戸端《いどばた》に水《みず》をくんでいる女衆《おんなしゅ》や、畑《はたけ》から帰《かえ》ってくる男衆《おとこしゅ》は、良平《りょうへい》があえぎあえぎ走《はし》るのを見《み》ては、「おいどうしたね?」などと声《こえ》をかけた。が、彼《かれ》は無言《むごん》のまま、雑貨屋《ざっかや》だの床屋《とこや》だの、明《あか》るい家《いえ》の前《まえ》を走《はし》りすぎた。

彼《かれ》の家《うち》の門口《かどぐち》へかけこんだ時《とき》、良平《りょうへい》はとうとう大声《おおごえ》に、わっと泣《な》き出《だ》さずにはいられなかった。その泣《な》き声《ごえ》は彼《かれ》のまわりへ、一時《いちじ》に父《ちち》や母《はは》を集《あつ》まらせた。ことに母《はは》はなんと

日金山《ひがねやま》 静岡県熱海市《しずおかけんあたみし》と函南町《かんなみちょう》の境《さかい》にある。十国峠《じっこくとうげ》の別《べつ》の呼《よ》び名《な》。

か言《い》いながら、良平《りょうへい》の体《からだ》をかかえるようにした。が、良平《りょうへい》は手足《てあし》をもがきながら、すすりあげすすりあげ泣《な》き続《つづ》けた。

その声《こえ》があまりはげしかったせいか、近所《きんじょ》の女衆《おんなしゅ》も三《さん》、四人《よにん》、うす暗《ぐら》い門口《かどぐち》へ集《あつ》まってきた。父母《ちちはは》はもちろんその人《ひと》たちは、口《くち》ぐちに彼《かれ》の泣《な》くわけをたずねた。しかし彼《かれ》はなんと言《い》われても泣《な》きたてるよりほかにしかたがなかった。あの遠《とお》い路《みち》をかけとおしてきた、今《いま》までの心細《こころぼそ》さをふりかえると、いくら大声《おおごえ》に泣《な》き続《つづ》けても、足《た》りない気《き》もちに迫《せま》られながら、……

良平《りょうへい》は二十六の年《とし》、妻子《さいし》といっしょに東京《とうきょう》へ出《で》てきた。今《いま》ではある雑誌社《ざっししゃ》の二階《にかい》に、*校正《こうせい》の朱筆《しゅふで》をにぎっている。が、彼《かれ》はどうかすると、全然《ぜんぜん》なんの理由《りゆう》もないのに、その時《とき》の彼《かれ》を思《おも》い出《だ》すことがある。全然《ぜんぜん》なんの理由《りゆう》もないのに？――*塵労《じんろう》に疲《つか》れた彼《かれ》の前《まえ》には今《いま》でもやはりその時《とき》のように、うす暗《ぐら》いやぶや坂《さか》のある路《みち》が、ほそぼそとひとすじ断《だん》続《ぞく》している。……

校正《こうせい》
印刷《いんさつ》の時《とき》、字《じ》や体《てい》裁《さい》の間違《まちが》いを正《ただ》しくすること。

塵労《じんろう》
世《よ》の中《なか》の面倒《めんどう》な関《かか》わり。

鼻《はな》

*禅智内供《ぜんちないぐ》の鼻《はな》といえば、池《いけ》の尾《お》で知《し》らない者《もの》はない。長《なが》さは*五《ご》、六寸《ろくすん》あって、上《うわ》くちびるの上《うえ》からあごの下《した》まで下《さ》がっている。形《かたち》はもとも先《さき》も同《おな》じように太《ふと》い。いわば細長《ほそなが》い腸詰《ちょうづ》めのようなものが、ぶらりと顔《かお》のまん中《なか》からぶら下《さ》がっているのである。

五十歳《さい》を越《こ》えた内供《ないぐ》は、*沙弥《しゃみ》の昔《むかし》から内道場供奉《ないどうじょうぐぶ》の職《しょく》にのぼった今日《こんにち》まで、内心《ないしん》では、しじゅうこの鼻《はな》を苦《く》に病《や》んできた。もちろん表面《ひょうめん》では、今《いま》でもさほど気《き》にならないような顔《かお》をしてすましている。

これは専念《せんねん》に当来《とうらい》の浄土《じょうど》を渇仰《かつごう》すべき僧侶《そうりょ》の身《み》で、鼻《はな》の心配《しんぱい》をするのが悪《わる》いと思《おも》ったからばかりではない。それよりむしろ、自分《じぶん》で鼻《はな》を気《き》にしているということを、人《ひと》に知《し》られるのがいやだったからである。内供《ないぐ》は日常《にちじょう》の談話《だんわ》の中《なか》に、鼻《はな》という語《ご》が出《で》てくるのをなによりも恐《おそ》れていた。

禅智内供《ぜんちないぐ》
禅智《ぜんち》は、僧《そう》の名《な》。内供《ないぐ》は、内供奉《ないぐぶ》の略《りゃく》で、宮中《きゅうちゅう》の内道《ないどう》場《じょう》に奉仕《ほうし》した高僧《こうそう》。

五《ご》、六寸《ろくすん》
約《やく》十五〜十八センチメートル。一寸《いっすん》は約三《やくさん》センチメートル。

沙弥《しゃみ》
まだ修行中《しゅぎょうちゅう》の未熟《みじゅく》な僧《そう》。

内供《ないぐ》が鼻《はな》をもてあました理由《りゆう》は二《ふた》つある。――一《ひと》つは実際的《じっさいてき》に、鼻《はな》の長《なが》いのが不便《ふべん》だったからである。だいいち、飯《めし》を食《く》う時《とき》にもひとりでは食《く》えない。ひとりで食《く》えば、鼻《はな》の先《さき》が*鋺《かなまり》の中《なか》の飯《めし》へとどいてしまう。そこで内供《ないぐ》は弟子《でし》の一人《ひとり》を膳《ぜん》のむこうへすわらせて、飯《めし》を食《く》う間《あいだ》じゅう、広《ひろ》さ一寸《いっすん》長《なが》さ二尺《にしゃく》ばかりの板《いた》で、鼻《はな》を持《も》ち上《あ》げていてもらうことにした。

しかしこうして飯《めし》を食《く》うということは、持《も》ち上《あ》げている弟子《でし》にとっても、持《も》ち上《あ》げられている内供《ないぐ》にとっても、決《けっ》して容易《ようい》なことではない。一度《いちど》この弟子《でし》の代《か》わりをした*中童子《ちゅうどうじ》が、くさめをした拍子《ひょうし》に手《て》がふるえて、鼻《はな》を粥《かゆ》の中《なか》へ落《お》とした話《はなし》は、当時《とうじ》京都《きょうと》まで喧伝《けんでん》された。――けれどもこれは内供《ないぐ》に

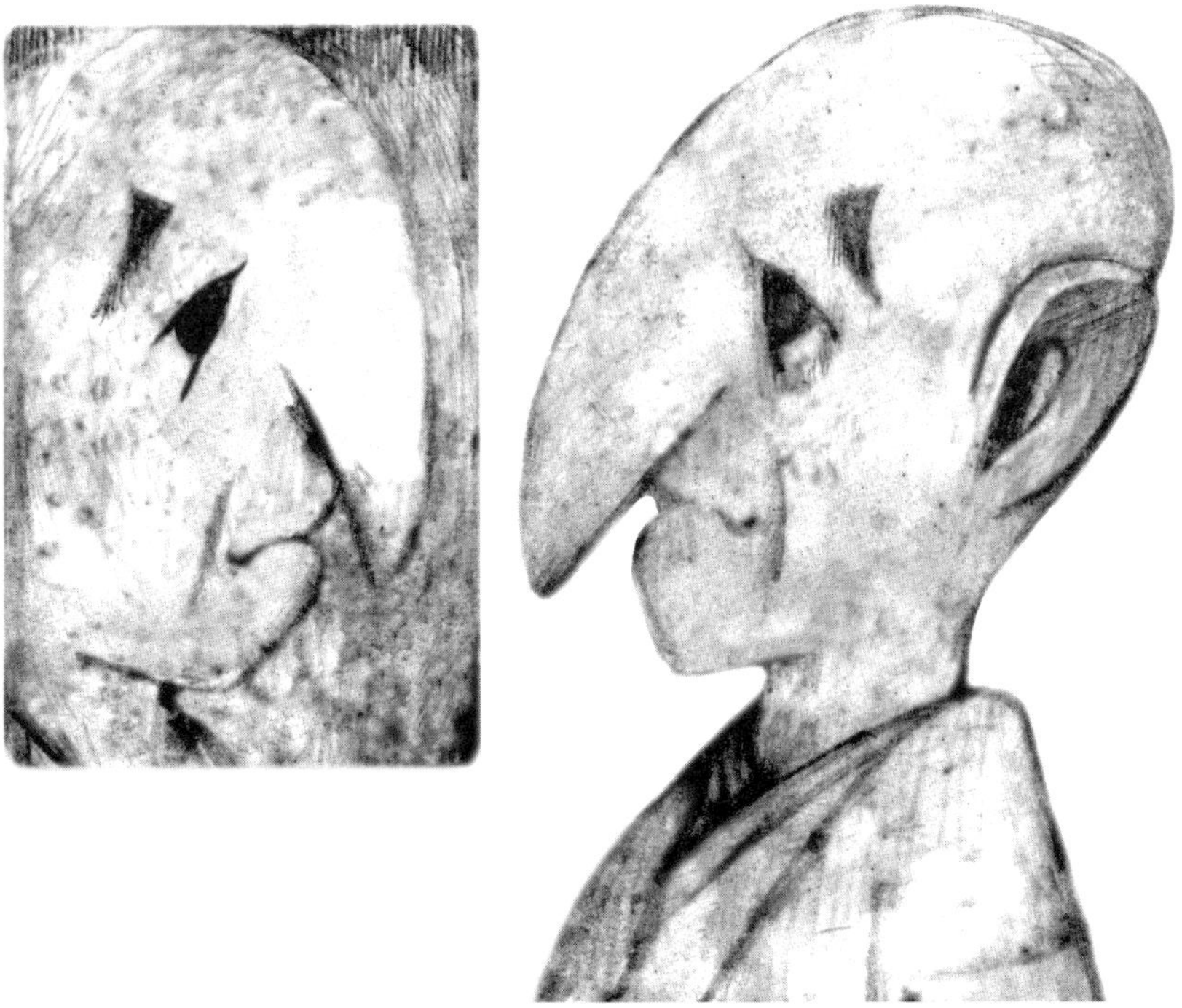

とって、決《けっ》して鼻《はな》を苦《く》に病《や》んだおもな理由《りゆう》ではない。内供《ないぐ》はじつにこの鼻《はな》によって傷《きず》つけられる自尊心《じそんしん》のために苦《くる》しんだのである。

池《いけ》の尾《お》の町《まち》の者《もの》は、こういう鼻《はな》をしている禅智内供《ぜんちないぐ》のために、内供《ないぐ》の俗《ぞく》でないことをしあわせだと言《い》った。あの鼻《はな》ではだれも妻《つま》になる女《おんな》があるまいと思《おも》ったからである。なかにはまた、あの鼻《はな》だから出家《しゅっけ》したのだろうと批評《ひひょう》する者《もの》さえあった。

しかし内供《ないぐ》は、自分《じぶん》が僧《そう》であるために、いくぶんでもこの鼻《はな》にわずらわされることが少《すく》なくなったと思《おも》っていない。内供《ないぐ》の自尊心《じそんしん》は、妻帯《さいたい》というような結果的《けっかてき》な事実《じじつ》に左右《さゆう》されるためには、あまりにデリケイトにできていたのである。そこで内供《ないぐ》は、積極的《せっきょくてき》にも消極的《しょうきょくてき》にも、この自尊心《じそんしん》のき損《そん》を回復《かいふく》しようと試《こころ》みた。

だいいちに内供《ないぐ》の考《かんが》えたのは、この長《なが》い鼻《はな》を実際以上《じっさいいじょう》に短《みじか》く見《み》せる方法《ほうほう》である。これは人《ひと》のいない時《とき》に、鏡《かがみ》へむかって、いろいろな角度《かくど》から顔《かお》を映《うつ》しながら、熱心《ねっしん》にくふうをこらしてみた。どうかすると、顔《かお》の位置《いち》をかえるだけでは、安心《あんしん》ができなくなって、ほおづえをついたりあごの先《さき》へ指《ゆび》をあてがったりして、根気《こんき》よく鏡《かがみ》をのぞいてみることもあった。しかし自分《じぶん》でも満足《まんぞく》するほど、鼻《はな》が短《みじか》く見《み》えたことは、これまでにただの一《いち》度《ど》もない。時《とき》によると、苦心《くしん》すればするほど、かえって長《なが》く見《み》えるような気《き》さえした。内供《ないぐ》は、こういう時《とき》には、鏡《かがみ》を箱《はこ》へしまいながら、今《いま》さらのようにため息《いき》をついて、不承不承《ふしょうぶしょう》にまたもとの経机《きょうづくえ》へ、観音経《かんのんぎょう》をよみに帰《かえ》るのである。

それからまた内供《ないぐ》は、絶《た》えず人《ひと》の鼻《はな》を気《き》にしていた。池《いけ》の尾《お》の寺《てら》は、僧供講説《そうぐこうせつ》などの

鋺《かなまり》 金属製《きんぞくせい》のおわん。

中童子《ちゅうどうじ》 寺《てら》の下《した》ばたらきの少年《しょうねん》。

しばしば行《おこな》われる寺《てら》である。寺《てら》の内《うち》には、*僧坊《そうぼう》がすきなく建《た》て続《つづ》いて、湯屋《ゆや》では寺《てら》の僧《そう》が日《ひ》ごとに湯《ゆ》をわかしている。したがってここへ出入《しゅつにゅう》する僧俗《そうぞく》のたぐいもはなはだ多《おお》い。内供《ないぐ》はこういう人々《ひとびと》の顔《かお》を根気《こんき》よく物色《ぶっしょく》した。一人《ひとり》でも自分《じぶん》のような鼻《はな》のある人間《にんげん》を見《み》つけて、安心《あんしん》がしたかったからである。

だから内供《ないぐ》の眼《め》には、紺《こん》の水干《すいかん》も白《しろ》の帷子《かたびら》も入《はい》らない。まして柑子色《こうじいろ》の帽子《ぼうし》や、椎鈍《しいにび》の法衣《ころも》なぞは、見《み》なれているだけに、あれどもなきがごとくである。内供《ないぐ》は人《ひと》を見《み》ずに、ただ、鼻《はな》を見《み》た。――しかしかぎ鼻《ばな》はあっても、内供《ないぐ》のような鼻《はな》は一《ひと》つも見当《みあ》たらない。その見当《みあ》たらないことがたび重《かさ》なるにしたがって、内供《ないぐ》の心《こころ》はしだいにまた不快《ふかい》になった。内供《ないぐ》が人《ひと》と話《はな》しながら、思《おも》わずぶらりと下《さ》がっている鼻《はな》の先《さき》をつまんでみて、年《とし》がいもなく顔《かお》を赤《あか》めたのは、まったくこの不快《ふかい》に動《うご》かされての所為《しょい》である。

最後《さいご》に、内供《ないぐ》は、*内典外典《ないてんげてん》の中《なか》に、自分《じぶん》と同《おな》じような鼻《はな》のある人物《じんぶつ》を見《み》いだして、せめてもいくぶんの心《こころ》やりにしようとさえ思《おも》ったことがある。けれども、*目連《もくれん》や、舎利弗《しゃりほつ》の鼻《はな》が長《なが》かったとは、どの経文《きょうもん》にも書《か》いてない。もちろん竜樹《りゅうじゅ》や馬鳴《めみょう》も、人並《ひとな》みの鼻《はな》を備《そな》えた菩薩《ぼさつ》である。内供《ないぐ》は、*震旦《しんたん》の話《はなし》のついでに*蜀漢《しょっかん》の劉玄徳《りゅうげんとく》の耳《みみ》が長《なが》かったということを聞《き》いた時《とき》に、それが鼻《はな》だったら、どのくらい自分《じぶん》は心細《こころぼそ》くなくなるだろうと思《おも》った。

内供《ないぐ》がこういう消極的《しょうきょくてき》な苦心《くしん》をしながらも、一方《いっぽう》ではまた、積極的《せっきょくてき》に鼻《はな》の短《みじか》くなる方《ほう》法《ほう》を試《こころ》みたことは、わざわざここに言《い》うまでもない。内供《ないぐ》はこの方面《ほうめん》でも、ほとんど、できるだけのことをした。からすうりを煎《せん》じて飲《の》んでみたこともある。ねずみの尿《いばり》を鼻《はな》

僧坊《そうぼう》 僧《そう》の寝《ね》とまりするところ。

内典外典《ないてんげてん》 仏教《ぶっきょう》の書物《しょもつ》とそのほかの本《ほん》。

目連《もくれん》や、舎利弗《しゃりほつ》 釈迦《しゃか》の弟子《でし》の名《な》前《まえ》。

震旦《しんたん》 古代中国《こだいちゅうごく》の昔《むかし》の呼《よ》び名《な》。

蜀漢《しょっかん》の劉玄徳《りゅうげんとく》 中国《ちゅうごく》の三国時代《さんごくじだい》の蜀《しょく》の初代《しょだい》皇帝《こうてい》、劉備《りゅうび》。

へなすってみたこともある。しかし何《なに》をどうしても、鼻《はな》は依然《いぜん》として、五《ご》、六寸《ろくすん》の長《なが》さをぶらりとくちびるの上《うえ》にぶら下《さ》げているではないか。

ところがある年《とし》の秋《あき》、内供《ないぐ》の用《よう》を兼《か》ねて、京《きょう》へ上《のぼ》った弟子《でし》の僧《そう》が、しるべの医者《いしゃ》から長《なが》い鼻《はな》を短《みじか》くする法《ほう》を教《おそ》わってきた。その医者《いしゃ》というのは、もと震旦《しんたん》から渡《わた》ってきた男《おとこ》で、当時《とうじ》は長楽寺《ちょうらくじ》の*供僧《ぐそう》になっていたのである。

内供《ないぐ》は、いつものように、鼻《はな》などは気《き》にかけないというふうをして、わざとその法《ほう》もすぐにやってみようとは言《い》わずにいた。そうして一方《いっぽう》では、気軽《きがる》な口調《くちょう》で、食事《しょくじ》のたびごとに、弟子《でし》の手数《てすう》をかけるのが、心苦《こころぐる》しいというようなことを言《い》った。内心《ないしん》ではもちろん弟子《でし》の僧《そう》が、自分《じぶん》を説《と》き伏《ふ》せて、この法《ほう》を試《こころ》みさせるのを待《ま》っていたのである。弟《で》子《し》の僧《そう》にも、内供《ないぐ》のこの策略《さくりゃく》がわからないはずはない。しかしそれに対《たい》する反感《はんかん》よりは、内供《ないぐ》のそういう策略《さくりゃく》をとる心《こころ》もちのほうが、より強《つよ》くこの弟子《でし》の僧《そう》の同情《どうじょう》を動《うご》かしたのであろう。弟子《でし》の僧《そう》は、内供《ないぐ》の予期《よき》どおり、口《くち》をきわめて、この法《ほう》を試《こころ》みることをすすめだした。そうして、内供《ないぐ》自身《じしん》もまた、その予期《よき》どおり、結局《けっきょく》この熱心《ねっしん》な勧告《かんこく》に聴従《ちょうじゅう》することになった。

その法《ほう》というのは、ただ、湯《ゆ》で鼻《はな》をゆでて、その鼻《はな》を人《ひと》にふませるという、きわめて簡単《かんたん》なものであった。

湯《ゆ》は寺《てら》の湯屋《ゆや》で、毎日《まいにち》わかしている。そこで弟子《でし》の僧《そう》は、指《ゆび》も入《い》れられないような熱《あつ》い湯《ゆ》を、すぐに提《ひさげ》に入《い》れて、湯屋《ゆや》からくんできた。しかしじかにこの提《ひさげ》へ鼻《はな》を入《い》れると

供僧《ぐそう》 本尊《ほんぞん》の供養《くよう》や決《き》まった時間《じかん》の読経《どきょう》などをする僧《そう》のこと。

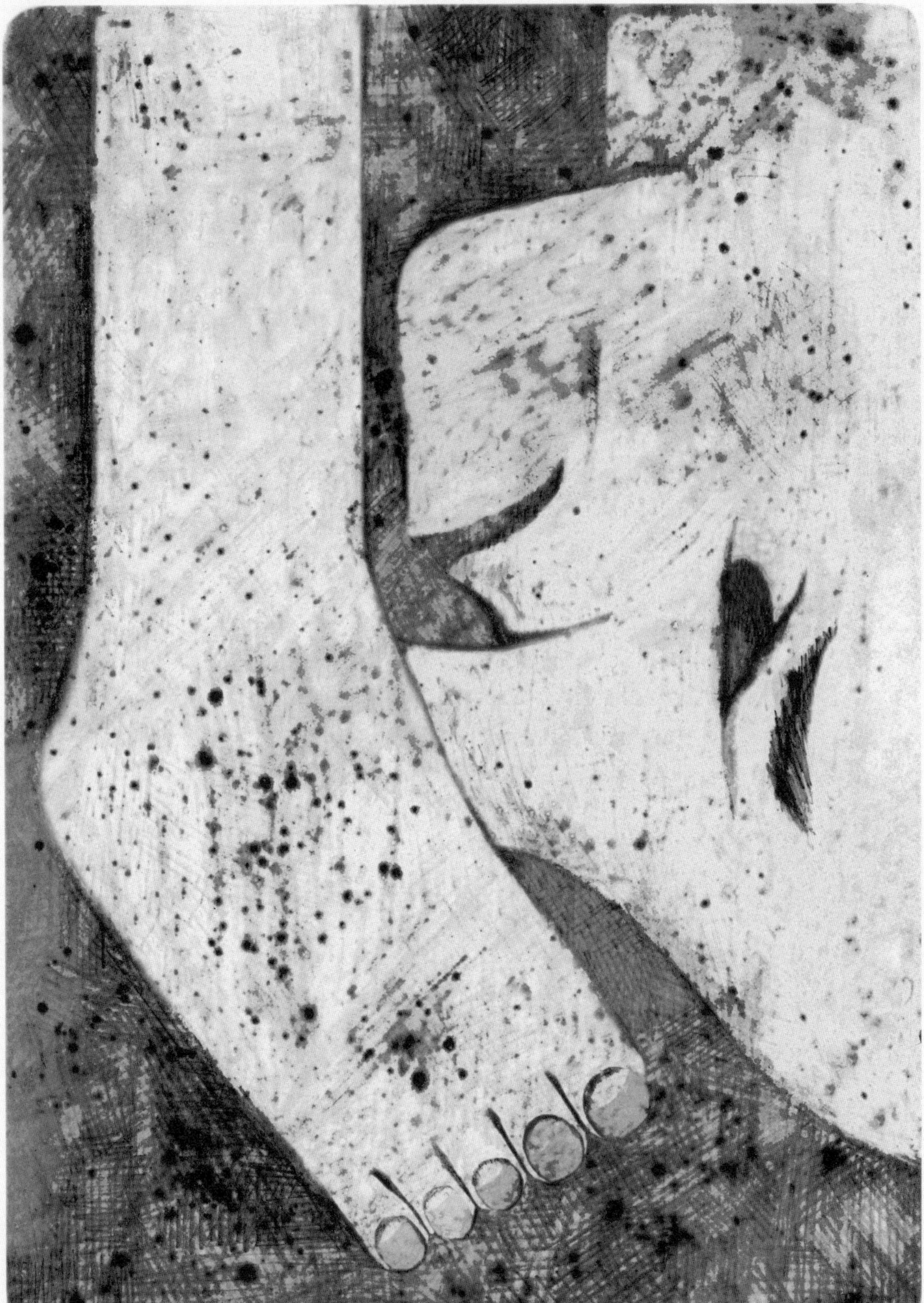

なると、ゆげに吹《ふ》かれて顔《かお》をやけどする恐《おそ》れがある。そこで*折敷《おしき》へ穴《あな》をあけて、それを提《ひさげ》のふたにして、その穴《あな》から鼻《はな》を湯《ゆ》の中《なか》へ入《い》れることにした。鼻《はな》だけはこの熱《あつ》い湯《ゆ》の中《なか》へひたしても、少《すこ》しも熱《あつ》くないのである。しばらくすると弟子《でし》の僧《そう》が言《い》った。

――もう湯《ゆ》だった時分《じぶん》でござろう。

内供《ないぐ》は苦笑《くしょう》した。これだけ聞《き》いたのでは、だれも鼻《はな》の話《はなし》とは気《き》がつかないだろうと思《おも》ったからである。鼻《はな》は熱湯《ねっとう》に蒸《む》されて、のみの食《く》ったようにむずがゆい。

弟子《でし》の僧《そう》は、内供《ないぐ》が折敷《おしき》の穴《あな》から鼻《はな》をぬくと、そのまだゆげのたっている鼻《はな》を、両足《りょうあし》に力《ちから》を入《い》れながら、ふみはじめた。内供《ないぐ》は横《よこ》になって、鼻《はな》を床板《ゆかいた》の上《うえ》へのばしながら、弟子《でし》の僧《そう》の足《あし》が上下《うえした》に動《うご》くのを眼《め》の前《まえ》に見《み》ているのである。弟子《でし》の僧《そう》は、ときどき気《き》の毒《どく》そうな顔《かお》をして、内供《ないぐ》のはげ頭《あたま》を見下《みお》ろしながら、こんなことを言《い》った。

――痛《いと》うはござらぬかな。医師《いし》は責《せ》めてふめと申《もう》したで。じゃが、痛《いと》うはござらぬかな。

内供《ないぐ》は首《くび》をふって、痛《いた》くないという意味《いみ》を示《しめ》そうとした。ところが鼻《はな》をふまれているので思《おも》うように首《くび》が動《うご》かない。そこで、上眼《うわめ》を使《つか》って、弟子《でし》の僧《そう》の足《あし》にあかぎれのきれているのをながめながら、腹《はら》を立《た》てたような声《こえ》で、

――痛《いと》うはないて。

と答《こた》えた。じっさい鼻《はな》はむずがゆいところをふまれるので、痛《いた》いよりもかえって気《き》もちのいいくらいだったのである。

折敷《おしき》 食《た》べものや食器《しょっき》をのせる、縁《ふち》をつけた角盆《かくぼん》。

しばらくふんでいると、やがて、粟粒《あわつぶ》のようなものが、鼻《はな》へできはじめた。いわば毛《け》をむしった小鳥《ことり》をそっくり丸焼《まるや》きにしたような形《かたち》である。弟子《でし》の僧《そう》は、これを見《み》ると、足《あし》を止《と》めてひとりごとのようにこう言《い》った。

——これを毛抜《けぬ》きでぬけと申《もう》すことでござった。

内供《ないぐ》は、不足《ふそく》らしくほおをふくらせて、だまって弟子《でし》の僧《そう》のするなりにまかせておいた。もちろん弟子《でし》の僧《そう》の親切《しんせつ》がわからないわけではない。それはわかっても、自分《じぶん》の鼻《はな》をまるで物品《ぶっぴん》のように取《と》り扱《あつか》うのが、不愉快《ふゆかい》に思《おも》われたからである。内供《ないぐ》は、信用《しんよう》しない医者《いしゃ》の手術《しゅじゅつ》をうける患者《かんじゃ》のような顔《かお》をして、不承不承《ふしょうぶしょう》に弟子《でし》の僧《そう》が、鼻《はな》の毛穴《けあな》から毛《け》抜《ぬ》きで脂《あぶら》をとるのをながめていた。脂《あぶら》は、鳥《とり》の羽《はね》の茎《くき》のような形《かたち》をして、＊四分《しぶ》ばかりの長《なが》さにぬけるのである。

やがてこれがひととおりすむと、弟子《でし》の僧《そう》は、ほっとひと息《いき》ついたような顔《かお》をして、

——もう一度《いちど》、これをゆでればようござる。

と言《い》った。

内供《ないぐ》はやはり、八《はち》の字《じ》をよせたまま不服《ふふく》らしい顔《かお》をして、弟子《でし》の僧《そう》の言《い》うなりになっていた。

さて二度目《にどめ》にゆでた鼻《はな》を出《だ》してみると、なるほど、いつになく短《みじか》くなっている。これではあたりまえのかぎ鼻《ばな》とたいした変《か》わりはない。内供《ないぐ》はその短《みじか》くなった鼻《はな》をなでながら、弟子《でし》の僧《そう》の出《だ》してくれる鏡《かがみ》を、きまりが悪《わる》そうにおずおずのぞいてみた。

四分《しぶ》 約《やく》十二ミリメートル。一分《いちぶ》は約三《やくさん》ミリメートル。

鼻《はな》は――あのあごの下《した》まで下《さ》がっていた鼻《はな》は、ほとんど、うそのように萎縮《いしゅく》して、今《いま》はわずかに上《うわ》くちびるの上《うえ》でいくじなく*残喘《ざんぜん》を保《たも》っている。ところどころまだらに赤《あか》くなっているのは、おそらくふまれた時《とき》のあとであろう。こうなれば、もうだれも笑《わら》うものはないにちがいない。――鏡《かがみ》の中《なか》にある内供《ないぐ》の顔《かお》は、鏡《かがみ》の外《そと》にある内供《ないぐ》の顔《かお》を見《み》て、満足《まんぞく》そうに眼《め》をしばたたいた。

しかし、その日《ひ》はまだ一日《いちにち》、鼻《はな》がまた長《なが》くなりはしないかという不安《ふあん》があった。そこで内供《ないぐ》は誦経《ずきょう》する時《とき》にも、食事《しょくじ》をする時《とき》にも、ひまさえあれば手《て》を出《だ》して、そっと鼻《はな》の先《さき》にさわってみた。が、鼻《はな》は行儀《ぎょうぎ》よくくちびるの上《うえ》に納《おさ》まっているだけで、格別《かくべつ》それより下《した》へぶら下《さ》がってくるけしきもない。それから一晩《ひとばん》寝《ね》てあくる日早《ひはや》く眼《め》がさめると内供《ないぐ》はまず、だいいちに、自分《じぶん》の鼻《はな》をなでてみた。鼻《はな》は依然《いぜん》として短《みじか》い。内供《ないぐ》はそこで、幾年《いくねん》にもなく、法華経書写《ほけきょうしょしゃ》の功《こう》を積《つ》んだ時《とき》のような、のびのびした気分《きぶん》になった。

ところが二《に》、三日《さんにち》たつうちに、内供《ないぐ》は意外《いがい》な事実《じじつ》を発見《はっけん》した。それはおりから、用事《ようじ》があって、池《いけ》の尾《お》の寺《てら》を訪《おとず》れた侍《さむらい》が、前《まえ》よりもいっそうおかしそうな顔《かお》をして、話《はなし》もろくろくせずに、じろじろ内供《ないぐ》の鼻《はな》ばかりながめていたことである。それのみならず、かつて、内供《ないぐ》の鼻《はな》を粥《かゆ》の中《なか》へ落《お》としたことのある中童子《ちゅうどうじ》なぞは、講堂《こうどう》の外《そと》で内供《ないぐ》と行《い》きちがった時《とき》に、はじめは、下《した》を向《む》いておかしさをこらえていたが、とうとうこらえかねたとみえて、一度《いちど》にふっと吹《ふ》き出《だ》してしまった。用《よう》を言《い》いつかった*下法師《しもほうし》たちが、面《めん》とむかっている間《あいだ》だけは、慎《つつし》んで聞《き》いていても、内供《ないぐ》が後《うし》ろさえむけば、すぐにくすくす笑《わら》

残喘《ざんぜん》 残《のこ》された命《いのち》。

下法師《しもほうし》 雑役《ざつえき》をする身分《みぶん》の低《ひく》い僧《そう》。

い出《だ》したのは、一度《いちど》や二度《にど》のことではない。

内供《ないぐ》ははじめ、これを自分《じぶん》の顔《かお》がわりがしたせいだと解釈《かいしゃく》した。しかしどうもこの解釈《かいしゃく》だけではじゅうぶんに説明《せつめい》がつかないようである。――もちろん、中童子《ちゅうどうじ》や下法師《しもほうし》が笑《わら》う原因《げんいん》は、そこにあるのにちがいない。けれども同《おな》じ笑《わら》うにしても、鼻《はな》の長《なが》かった昔《むかし》とは、笑《わら》うのにどことなく様子《ようす》がちがう。見《み》なれた長《なが》い鼻《はな》より、見《み》なれない短《みじか》い鼻《はな》の方《ほう》が滑稽《こっけい》に見《み》えるといえば、それまでである。が、そこにはまだ何《なに》かあるらしい。

――前《まえ》にはあのようにつけつけとは笑《わら》わなんだて。

内供《ないぐ》は、誦《ず》しかけた経文《きょうもん》をやめて、はげ頭《あたま》を傾《かたむ》けながら、ときどきこうつぶやくことがあった。愛《あい》すべき内供《ないぐ》は、そういう時《とき》になると、必《かなら》ずぼんやり、かたわらにかけた＊普《ふ》賢《げん》の画像《がぞう》をながめながら、鼻《はな》の長《なが》かった四《し》、五日前《ごにちまえ》のことを思《おも》い出《だ》して、「今《いま》はむげにいやしくなりさがれる人《ひと》の、さかえたる昔《むかし》をしのぶがごとく」ふさぎこんでしまうのである。――内供《ないぐ》には、遺憾《いかん》ながらこの問《と》いに答《こた》えを与《あた》える明《めい》が欠《か》けていた。

――人間《にんげん》の心《こころ》には互《たが》いに矛盾《むじゅん》した二《ふた》つの感情《かんじょう》がある。もちろん、だれでも他人《たにん》の不幸《ふこう》に同情《どうじょう》しない者《もの》はない。ところがその人《ひと》がその不幸《ふこう》を、どうにかして切《き》りぬけることができると、今度《こんど》はこっちでなんとなくもの足《た》りないような心《こころ》もちがする。少《すこ》し誇張《こちょう》していえば、もう一度《いちど》その人《ひと》を、同《おな》じ不幸《ふこう》におとしいれてみたいような気《き》にさえなる。そうしていつのまにか、消極的《しょうきょくてき》ではあるが、ある敵意《てきい》をその人《ひと》に対《たい》していだくようなことになる。――内供《ないぐ》が、理由《りゆう》を知《し》らないながらも、なんとなく不快《ふかい》に思《おも》ったのは、池《いけ》の尾《お》の

普賢《ふげん》 普賢菩薩《ふげんぼさつ》の略《りゃく》。白《しろ》い象《ぞう》に乗《の》って釈迦《しゃか》の右《みぎ》わきに仕《つか》える菩薩《ぼさつ》。

僧俗《そうぞく》の態度《たいど》に、この傍観者《ぼうかんしゃ》の*利己主義《りこしゅぎ》をそれとなく感《かん》づいたからにほかならない。

そこで内供《ないぐ》は日《ひ》ごとにきげんが悪《わる》くなった。二言《ふたこと》めには、だれでも意地悪《いじわる》く叱《しか》りつける。しまいには鼻《はな》の療治《りょうじ》をしたあの弟子《でし》の僧《そう》でさえ、「内供《ないぐ》は法慳貪《ほうけんどん》の罪《つみ》を受《う》けられるぞ」と陰口《かげぐち》をきくほどになった。ことに内供《ないぐ》をおこらせたのは、例《れい》のいたずらな中童子《ちゅうどうじ》である。

ある日《ひ》、けたたましく犬《いぬ》のほえる声《こえ》がするので、内供《ないぐ》がなにげなく外《そと》へ出《で》てみると、中童子《ちゅうどうじ》は、二尺《にしゃく》ばかりの木《き》の切《き》れをふりまわして、毛《け》の長《なが》い、やせたむく犬《いぬ》を追《お》いまわしている。それもただ、追《お》い回《まわ》しているのではない。「鼻《はな》を打《う》たれまい。それ、鼻《はな》を打《う》たれまい」とはやしながら、追《お》い回《まわ》しているのである。内供《ないぐ》は、中童子《ちゅうどうじ》の手《て》からその木《き》の切《き》れをひったくって、したたかその顔《かお》を打《う》った。木《き》の切《き》れは以前《いぜん》の鼻《はな》もたげの木《き》だったのである。

内供《ないぐ》はなまじいに、鼻《はな》の短《みじか》くなったのが、かえってうらめしくなった。

するとある夜《よる》のことである。日《ひ》が暮《く》れてから急《きゅう》に風《かぜ》が出《で》たとみえて、塔《とう》の風鐸《ふうたく》の鳴《な》る音《おと》が、うるさいほどまくらに通《かよ》ってきた。そのうえ、寒《さむ》さもめっきり加《くわ》わったので、老《ろう》年《ねん》の内供《ないぐ》は寝《ね》つこうとしても寝《ね》つかれない。そこでとこの中《なか》でまじまじしていると、ふと鼻《はな》がいつになく、むずがゆいのに気《き》がついた。手《て》をあててみると少《すこ》し水気《すいき》がきたようにむくんでいる。どうやらそこだけ、熱《ねつ》さえもあるらしい。

――無理《むり》に短《みじこ》うしたで、病《やまい》が起《お》こったのかもしれぬ。

利己主義《りこしゅぎ》 自分《じぶん》の利害《りがい》だけを判断《はんだん》の基準《きじゅん》とする考《かんが》え方《かた》。

内供《ないぐ》は、仏前《ぶつぜん》に香花《こうげ》を供《そな》えるようなうやうやしい手《て》つきで、鼻《はな》を押《お》さえながら、こうつぶやいた。

翌朝《よくあさ》、内供《ないぐ》がいつものように早《はや》く眼《め》をさましてみると、寺内《じない》の銀杏《いちょう》や橡《とち》が一晩《ひとばん》のうちに葉《は》を落《お》としたので、庭《にわ》は黄金《きん》を敷《し》いたように明《あか》るい。塔《とう》の屋根《やね》には霜《しも》がおりているせいであろう。まだうすい朝日《あさひ》に、*九輪《くりん》がまばゆく光《ひか》っている。禅智内供《ぜんちないぐ》は、蔀《しとみ》を上《あ》げた縁《えん》に立《た》って、深《ふか》く息《いき》をすいこんだ。

ほとんど、忘《わす》れようとしていたある感覚《かんかく》が、ふたたび、内供《ないぐ》に帰《かえ》ってきたのはこの時《とき》である。

内供《ないぐ》はあわてて鼻《はな》へ手《て》をやった。手《て》にさわるものは、ゆうべの短《みじか》い鼻《はな》ではない。上《うわ》くちびるの上《うえ》からあごの下《した》まで、五《ご》、六寸《ろくすん》あまりもぶら下《さ》がっている、昔《むかし》の長《なが》い鼻《はな》である。内供《ないぐ》は鼻《はな》が一夜《いちや》のうちに、また元《もと》のとおり長《なが》くなったのを知《し》った。そうしてそれと同時《どうじ》に、鼻《はな》が短《みじか》くなった時《とき》と同《おな》じような、はればれした心《こころ》もちが、どこからともなく帰《かえ》ってくるのを感《かん》じた。

——こうなれば、もうだれも笑《わら》うものはないにちがいない。

内供《ないぐ》は心《こころ》の中《なか》でこう自分《じぶん》にささやいた。長《なが》い鼻《はな》をあけ方《がた》の秋風《あきかぜ》にぶらつかせながら。

九輪《くりん》 塔《とう》の上《うえ》にある九《ここの》つ重《かさ》なった輪《わ》からなる飾《かざ》り。

蜜柑《みかん》

ある曇《くも》った冬《ふゆ》の日暮《ひぐ》れである。私《わたくし》は横須賀《よこすか》発上《はつのぼ》り*二等客車《にとうきゃくしゃ》の隅《すみ》に腰《こし》を下《お》ろして、ぼんやり発車《はっしゃ》の笛《ふえ》を待《ま》っていた。

とうに電灯《でんとう》のついた客車《きゃくしゃ》の中《なか》には、めずらしく私《わたくし》のほかに一人《ひとり》も乗客《じょうきゃく》はいなかった。外《そと》をのぞくと、うす暗《ぐら》いプラットフォームにも、今日《きょう》はめずらしく見送《みおく》りの人影《ひとかげ》さえ跡《あと》を絶《た》って、ただ、檻《おり》に入《い》れられた小犬《こいぬ》が一匹《いっぴき》、ときどき悲《かな》しそうに、吠《ほ》えたてていた。これらはその時《とき》の私《わたくし》の心《こころ》もちと、不思議《ふしぎ》なくらい似《に》つかわしい景色《けしき》だった。私《わたくし》の頭《あたま》の中《なか》には言《い》いようのない疲労《ひろう》と倦怠《けんたい》とが、まるで雪曇《ゆきぐも》りの空《そら》のようなどんよりした影《かげ》を落《お》としていた。私《わたくし》は外套《がいとう》のポケットへじっと両手《りょうて》をつっこんだまま、そこに入《はい》っている夕刊《ゆうかん》を出《だ》してみようという元気《げんき》さえ起《お》こらなかった。

が、やがて発車《はっしゃ》の笛《ふえ》が鳴《な》った。私《わたくし》はかすかな心《こころ》のくつろぎを感《かん》じながら、後《うし》ろの窓《まど》わ

二等客車《にとうきゃくしゃ》
鉄道《てつどう》の客車《きゃくしゃ》は、料金《りょうきん》によって、一等《いっとう》から三等《さんとう》まで三《みっ》つに分《わ》けられていた。

く へ頭《あたま》をもたせて、眼《め》の前《まえ》の停車場《ていしゃば》がずるずると後《あと》ずさりをはじめるのを待《ま》つともなく待《ま》ちかまえていた。ところがそれより先《さき》にけたたましい日和下駄《*ひよりげた》の音《おと》が、改札口《かいさつぐち》の方《ほう》から聞《き》こえだしたと思《おも》うと、まもなく車掌《しゃしょう》の何《なに》か言《い》いののしる声《こえ》とともに、私《わたくし》の乗《の》っている二《に》等室《とうしつ》の戸《と》ががらりと開《あ》いて、十三、四の小娘《こむすめ》が一人《ひとり》、あわただしく中《なか》へ入《はい》ってきた。と同時《どうじ》にひとつずしりと揺《ゆ》れて、おもむろに汽車《きしゃ》は動《うご》きだした。

一本《いっぽん》ずつ眼《め》をくぎっていくプラットフォームの柱《はしら》、置《お》き忘《わす》れたような運水《うんすい》車《しゃ》、それから車内《しゃない》の誰《だれ》かに祝儀《しゅうぎ》の礼《れい》を言《い》っている赤帽《あかぼう》——そういうすべては、窓《まど》へ吹《ふ》きつける煤煙《ばいえん》の中《なか》に、未練《みれん》がましく後《うし》ろへ倒《たお》れていった。私《わたくし》はようやくほっとした心《こころ》もちになって、巻煙草《まきたばこ》

に火《ひ》をつけながら、はじめてものういまぶたを上《あ》げて、前《まえ》の席《せき》に腰《こし》を下《お》ろしていた小娘《こむすめ》の顔《かお》を一瞥《いちべつ》した。

それは油気《あぶらけ》のない髪《かみ》をひっつめの銀杏返《いちょうがえ》しに結《ゆ》って、横《よこ》なでのあとのあるひびだらけの両頰《りょうほお》を気持《きも》ちの悪《わる》いほど赤《あか》くほてらせた、いかにも田舎者《いなかもの》らしい娘《むすめ》だった。しかも、あかじみたもえぎ色《いろ》の毛糸《けいと》のえりまきがだらりと垂《た》れさがったひざの上《うえ》には、大《おお》きな風呂敷包《ろしきづつ》みがあった。そのまた包《つつ》みを抱《だ》いたしもやけの手《て》の中《なか》には、三等《さんとう》の*赤切符《あかきっぷ》が大事《だいじ》そうににぎられていた。私《わたくし》はこの小娘《こむすめ》の下品《げひん》な顔《かお》だちを好《この》まなかった。それから彼女《かのじょ》の服装《ふくそう》が不潔《ふけつ》なのもやはり不快《ふかい》だった。最後《さいご》にその二等《にとう》と三等《さんとう》との区別《くべつ》さえもわきまえない愚鈍《ぐどん》な心《こころ》がはらだたしかった。だから巻煙草《まきたばこ》に火《ひ》をつけた私《わたくし》は、一《ひと》つにはこの小娘《こむすめ》の存在《そんざい》を忘《わす》れたいという心《こころ》もちもあって、今度《こんど》はポケットの夕刊《ゆうかん》を漫然《まんぜん》とひざの上《うえ》に広《ひろ》げてみた。するとその時《とき》、夕刊《ゆうかん》の紙面《しめん》に落《お》ちていた外光《がいこう》が、突然電灯《とつぜんでんとう》の光《ひかり》に変《か》わって、刷《すり》の悪《わる》い何欄《なにらん》かの活字《かつじ》が意外《いがい》なくらい鮮《あざ》やかに私《わたくし》の眼《め》の前《まえ》へ浮《う》かんできた。いうまでもなく汽車《きしゃ》は今《いま》、横須賀線《よこすかせん》に多《おお》いトンネルの最初《さいしょ》のそれへ入《はい》ったのである。

しかしその電灯《でんとう》の光《ひかり》に照《て》らされた夕刊《ゆうかん》の紙面《しめん》を見渡《みわた》しても、やはり私《わたくし》の憂鬱《ゆううつ》を慰《なぐさ》むべく、世間《せけん》はあまりに平凡《へいぼん》な出来事《できごと》ばかりで持《も》ちきっていた。*講和問題《こうわもんだい》、新婦新郎《しんぷしんろう》、*瀆職《とくしょく》事件《じけん》、死亡広告《しぼうこうこく》――私《わたくし》はトンネルへ入《はい》った一瞬間《いっしゅんかん》、汽車《きしゃ》の走《はし》っている方向《ほうこう》が逆《ぎゃく》になったような錯覚《さっかく》を感《かん》じながら、それらの索漠《さくばく》とした記事《きじ》から記事《きじ》へほとんど機械的《きかいてき》に眼《め》を通《とお》した。が、その間《あいだ》ももちろんあの小娘《こむすめ》が、あたかも卑俗《ひぞく》な現実《げんじつ》を人間《にんげん》にしたような面持《おもも》ち

日和下駄《ひよりげた》
木《き》の台《だい》に二枚《にまい》の低《ひく》い歯《は》を差《さ》し込《こ》んだ下駄《げた》。主《おも》に晴天《せいてん》の時《とき》にはいた。

赤切符《あかきっぷ》
当時《とうじ》、一等《いっとう》は白《しろ》、二等《にとう》は青《あお》、三等《さんとう》は赤《あか》と、等級《とうきゅう》によって切符《きっぷ》の色《いろ》が違《ちが》っていた。

講和問題《こうわもんだい》
第一次世界大戦《だいいちじせかいたいせん》の講和会議《こうわかいぎ》（戦争《せんそう》を終結《しゅうけつ》し、平和《へいわ》を回復《かいふく》するため交戦国《こうせんこく》で話《はな》し合《あ》う）の問題《もんだい》。

ちで、私《わたくし》の前《まえ》にすわっていることを絶《た》えず意識《いしき》せずにはいられなかった。

このトンネルの中《なか》の汽車《きしゃ》と、この田舎者《いなかもの》の小娘《こむすめ》と、そうしてまたこの平凡《へいぼん》な記事《きじ》にうずまっている夕刊《ゆうかん》と、――これが象徴《しょうちょう》でなくてなんであろう。不可解《ふかかい》な、下等《かとう》な、退屈《たいくつ》な人生《じんせい》の象徴《しょうちょう》でなくてなんであろう。私《わたくし》はいっさいがくだらなくなって、読《よ》みかけた夕《ゆう》刊《かん》をほうりだすと、また窓《まど》わくに頭《あたま》をもたせながら、死《し》んだように眼《め》をつぶって、うつらうつらしはじめた。

それからいく分《ふん》か過《す》ぎたあとであった。ふと何《なに》かにおびやかされたような心《こころ》もちがして、思《おも》わずあたりを見《み》まわすと、いつの間《ま》にか例《れい》の小娘《こむすめ》が、向《む》こう側《がわ》から席《せき》を私《わたくし》の隣《となり》へ移《うつ》して、しきりに窓《まど》を開《あ》けようとしている。が、重《おも》いガラス戸《ど》はなかなか思《おも》うように上《あ》がらないらしい。あのひびだらけの頰《ほお》はいよいよ赤《あか》くなって、時々鼻《ときどきはな》をすすりこむ音《おと》が、小《ちい》さな息《いき》の切《き》れる声《こえ》といっしょに、せわしなく耳《みみ》へ入《はい》ってくる。これはもちろん私《わたくし》にも、いくぶんながら同情《どうじょう》をひくに足《た》るものには相違《そうい》なかった。

しかし汽車《きしゃ》が今《いま》まさにトンネルの口《くち》へさしかかろうとしていることは、暮色《ぼしょく》の中《なか》に枯《か》れ草《くさ》ばかり明《あか》るい両側《りょうがわ》の山腹《さんぷく》が、間近《まぢか》く窓側《まどがわ》に迫《せま》ってきたのでも、すぐに合点《がてん》のいくことであった。にもかかわらずこの小娘《こむすめ》は、わざわざしめてある窓《まど》の戸《と》を下《お》ろそうとする、――その理由《りゆう》が私《わたくし》にはのみこめなかった。いや、それが私《わたくし》には、たんにこの小娘《こむすめ》の気《き》まぐれだとしか考《かんが》えられなかった。だから私《わたくし》は腹《はら》の底《そこ》に依然《いぜん》としてけわしい感情《かんじょう》をたくわえながら、あのしもやけの手《て》がガラス戸《ど》をもたげようとして*悪戦苦闘《あくせんくとう》する様子《ようす》を、まる

瀆職事件《とくしょくじけん》
汚職事件《おしょくじけん》のこと。公務員《こうむいん》などがその地位《ちい》を利用《りよう》して、わいろを受《う》け取《と》るなど、不正《ふせい》な行《おこな》いをした事件《じけん》。

悪戦苦闘《あくせんくとう》
苦《くる》しみながらもがんばること。

でそれが永久《えいきゅう》に成功《せいこう》しないことでも祈《いの》るような冷酷《れいこく》な眼《め》でながめていた。

すると間《ま》もなくすさまじい音《おと》をはためかせて、汽車《きしゃ》がトンネルへなだれこむと同時《どうじ》に、小娘《こむすめ》の開《あ》けようとしたガラス戸《ど》は、とうとうばたりと下《した》へ落《お》ちた。そうしてその四角《しかく》な穴《あな》の中《なか》から、煤《すす》を溶《と》かしたようなどす黒《ぐろ》い空気《くうき》が、にわかに息苦《いきぐる》しい煙《けむり》になって、もうもうと車内《しゃない》へみなぎりだした。

元来《がんらい》のどを害《がい》していた私《わたくし》は、ハンケチを顔《かお》に当《あ》てる暇《ひま》さえなく、この煙《けむり》を満面《まんめん》に浴《あ》びせられたおかげで、ほとんど息《いき》もつけないほどせきこまなければならなかった。が、小娘《こむすめ》は私《わたくし》に頓着《とんじゃく》する気色《けしき》も見《み》えず、窓《まど》から外《そと》へ首《くび》をのばして、闇《やみ》を吹《ふ》く風《かぜ》に銀杏返《いちょうがえ》しの*鬢《びん》の毛《け》をそよがせながら、じっと汽車《きしゃ》の進《すす》む方向《ほうこう》を見《み》やっている。その姿《すがた》を煤煙《ばいえん》と電灯《でんとう》の光《ひかり》との中《なか》にながめた時《とき》、もう窓《まど》の外《そと》がみるみる明《あか》るくなって、そこから土《つち》のにおいや枯《か》れ草《くさ》のにおいや水《みず》のにおいがひややかに流《なが》れこんでこなかったなら、ようやくせきやんだ私《わたくし》は、この見知《みし》らない小娘《こむすめ》を頭《あたま》ごなしに叱《しか》りつけてでも、また元《もと》のとおり窓《まど》の戸《と》をしめさせたのに相違《そうい》なかったのである。

しかし汽車《きしゃ》はその時分《じぶん》には、もうやすやすとトンネルをすべりぬけて、枯《か》れ草《くさ》の山《やま》と山《やま》との間《あいだ》にはさまれた、ある貧《まず》しい町《まち》はずれの踏切《ふみき》りに通《とお》りかかっていた。踏切《ふみき》りの近《ちか》くには、いずれもみすぼらしいわら屋根《やね》や瓦屋根《かわらやね》がごみごみとせまくるしく建《た》てこんで、踏切《ふみき》り番《ばん》が振《ふ》るのであろう、ただ*一旒《いちりゅう》のうす白《じろ》い旗《はた》がものうげに暮色《ぼしょく》をゆすっていた。

やっとトンネルを出《で》たと思《おも》う――その時《とき》そのしょう索《さく》とした踏切《ふみき》りの柵《さく》の向《む》こうに、

鬢《びん》の毛《け》　頭《あたま》の左右側面《さゆうそくめん》、耳《みみ》の上《うえ》の髪《かみ》の毛《け》。

一旒《いちりゅう》　一本《いっぽん》のこと。

私《わたくし》は頰《ほお》の赤《あか》い三人《さんにん》の男《おとこ》の子《こ》が、めじろおしに並《なら》んで立《た》っているのを見《み》た。彼《かれ》らは皆《みな》、この曇天《どんてん》に押《お》しすくめられたかと思《おも》うほど、そろって背《せ》が低《ひく》かった。そうしてこの町《まち》はずれの陰惨《いんさん》たる風物《ふうぶつ》と同《おな》じような色《いろ》の着物《きもの》を着《き》ていた。それが汽車《きしゃ》の通《とお》るのを仰《あお》ぎ見《み》ながら、いっせいに手《て》を挙《あ》げるが早《はや》いか、いたいけなのどを高《たか》く反《そ》らせて、なんとも意味《いみ》のわからないいかん声《せい》を一生懸命《いっしょうけんめい》にほとばしらせた。

するとその瞬間《しゅんかん》である。窓《まど》から半身《はんしん》を乗《の》りだしていた例《れい》の娘《むすめ》が、あのしもやけの手《て》をつとのばして、勢《いきお》いよく左右《さゆう》に振《ふ》ったと思《おも》うと、たちまち心《こころ》をおどらすばかりあたたかな日《ひ》の色《いろ》に染《そ》まっている蜜柑《みかん》がおよそ五《いつ》つ六《むっ》つ、汽車《きしゃ》を見送《みおく》った子《こ》どもたちの上《うえ》へばらばらと空《そら》から降《ふ》ってきた。

私《わたくし》は思《おも》わず息《いき》をのんだ。そうして*刹那《せつな》にいっさいを了解《りょうかい》した。小娘《こむすめ》は、おそらくはこれから奉公先《ほうこうさき》へおもむこうとしている小娘《こむすめ》は、そのふところに蔵《ぞう》していたいくかの蜜柑《みかん》を窓《まど》から投《な》げて、わざわざ踏切《ふみき》りまで見送《みおく》りにきた弟《おとうと》たちの労《ろう》に報《むく》いたのである。

暮色《ぼしょく》を帯《お》びた町《まち》はずれの踏切《ふみき》りと、小鳥《ことり》のように声《こえ》をあげた三人《さんにん》の子《こ》どもたちと、そうしてその上《うえ》に乱落《らんらく》する鮮《あざ》やかな蜜柑《みかん》の色《いろ》と――すべては汽車《きしゃ》の窓《まど》の外《そと》に、またたくひまもなく通《とお》り過《す》ぎた。が、私《わたくし》の心《こころ》の上《うえ》には、せつないほどはっきりと、この光景《こうけい》が焼《や》きつけられた。そうしてそこから、ある得体《えたい》の知《し》れないほがらかな心《こころ》もちが湧《わ》きあがってくるのを意識《いしき》した。

私《わたくし》は昂然《こうぜん》と頭《あたま》を挙《あ》げて、まるで別人《べつじん》を見《み》るようにあの小娘《こむすめ》を注視《ちゅうし》した。小娘《こむすめ》はいつか

刹那《せつな》 極《きわ》めて短《みじか》い時間《じかん》。瞬間《しゅんかん》。

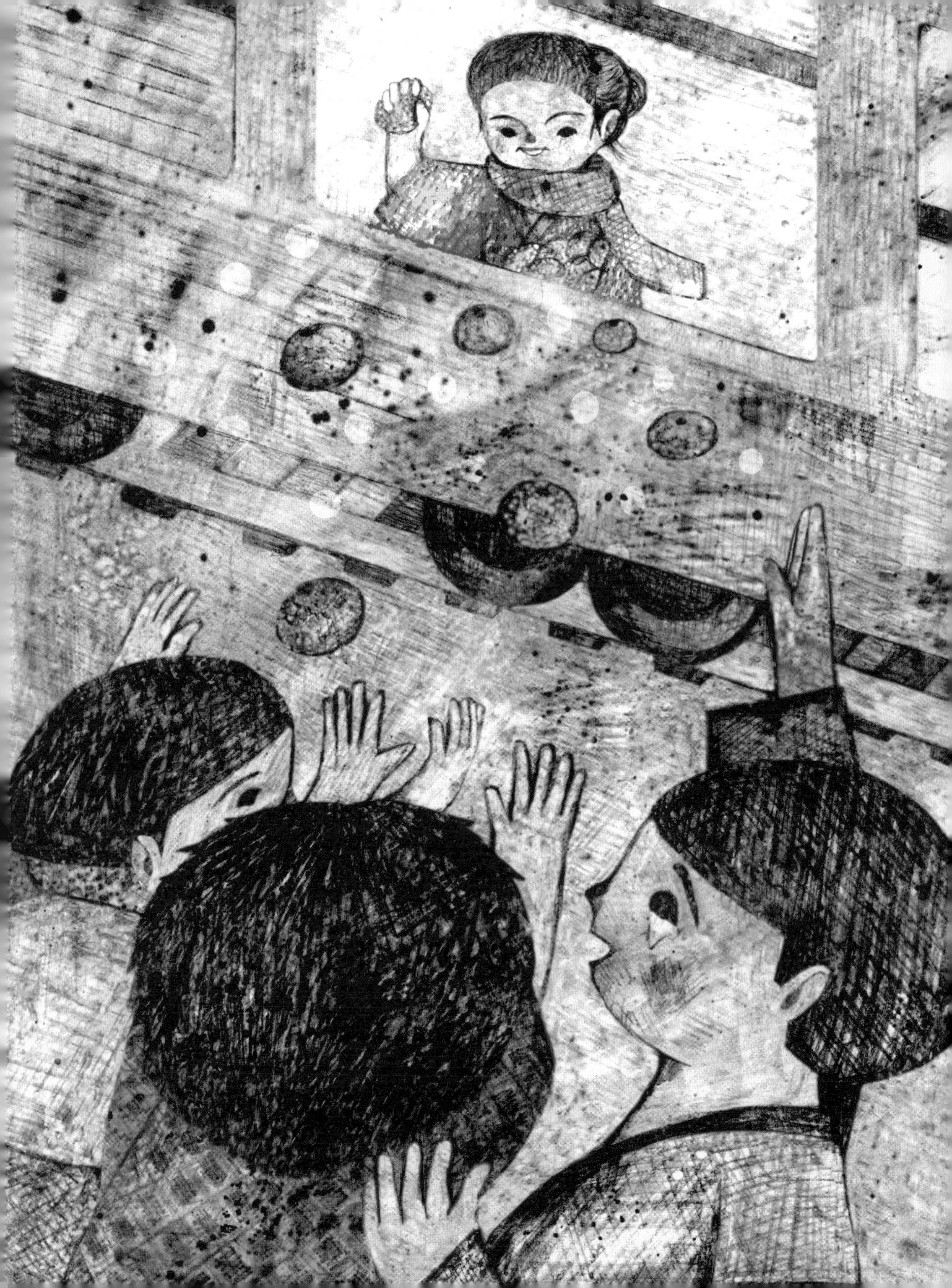

もう私《わたくし》の前《まえ》の席《せき》に返《かえ》って、あいかわらず、ひびだらけの頬《ほお》をもえぎ色《いろ》の毛糸《けいと》のえりまきにうずめながら、大《おお》きな風呂敷包《ふろしきづつ》みをかかえた手《て》に、しっかりと三等切符《さんとうきっぷ》をにぎっている。……………

私《わたくし》はこの時《とき》はじめて、いいようのない疲労《ひろう》と倦怠《けんたい》とを、そうしてまた不可解《ふかかい》な、下等《かとう》な、退屈《たいくつ》な人生《じんせい》をわずかに忘《わす》れることができたのである。

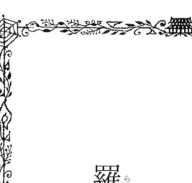

羅《ら》生《しょう》門《もん》

ある日《ひ》の暮《く》れ方《がた》のことである。一人《ひとり》の*下人《げにん》が、羅生門《らしょうもん》の下《した》で雨《あま》やみを待《ま》っていた。広《ひろ》い門《もん》の下《した》には、この男《おとこ》のほかに誰《だれ》もいない。ただ、ところどころ丹塗《にぬ》りの剝《は》げた、大《おお》きな円柱《まるばしら》に、きりぎりすが一匹《いっぴき》とまっている。羅生門《らしょうもん》が、朱雀大路《すざくおおじ》にある以上《いじょう》は、この男《おとこ》のほかにも、雨《あま》やみをする*市女笠《いちめがさ》や*揉烏帽子《もみえぼし》が、もう二《に》、三人《さんにん》はありそうなものである。それが、この男《おとこ》のほかには誰《だれ》もいない。

なぜかというと、この二《に》、三年《さんねん》、京都《きょうと》には、地震《じしん》とか辻風《つじかぜ》とか火事《かじ》とか*饑饉《ききん》とかいう災《わざわ》いが続《つづ》いて起《お》こった。そこで洛中《らくちゅう》のさびれ方《かた》は一通《ひととお》りではない。旧記《きゅうき》によると、仏像《ぶつぞう》や仏具《ぶつぐ》を打《う》ち砕《くだ》いて、その丹《に》がついたり、金銀《きんぎん》の箔《はく》がついたりした木《き》を、路《みち》ばたにつみ重《かさ》ねて、薪《たきぎ》の料《しろ》に売《う》っていたということである。

洛中《らくちゅう》がその始末《しまつ》であるから、羅生門《らしょうもん》の修理《しゅうり》などは、もとより誰《だれ》も捨《す》てて顧《かえり》みる者《もの》がな

下人《げにん》
寺社《じしゃ》や荘園《しょうえん》、貴族《きぞく》などに所有《しょゆう》されている身分《みぶん》の低《ひく》い男《おとこ》のこと。

市女笠《いちめがさ》
菅《すげ》などで編《あ》み、中央《ちゅうおう》が突起《とっき》したかたちの笠《かさ》。ここでは、それを被《かぶ》った女性《じょせい》のこと。

かった。するとその荒《あ》れ果《は》てたのをよいことにして、*狐狸《こり》がすむ。盗人《ぬすびと》がすむ。とうとうしまいには、引《ひ》き取《と》り手《て》のない死人《しびと》を、この門《もん》へ持《も》って来《き》て、棄《す》てて行《い》くという習慣《しゅうかん》さえできた。そこで、日《ひ》の目《め》が見《み》えなくなると、誰《だれ》でも気味《きみ》を悪《わる》がって、この門《もん》の近所《きんじょ》へは足《あし》ぶみをしないことになってしまったのである。

その代《か》わりまたからすがどこからか、たくさん集《あつ》まってきた。昼間《ひるま》見《み》ると、そのからすが何羽《なんわ》となく輪《わ》を描《えが》いて、高《たか》い*鴟尾《しび》のまわりをなきながら、飛《と》び回《まわ》っている。ことに門《もん》の上《うえ》の空《そら》が、夕焼《ゆうや》けであかくなる時《とき》には、それが胡麻《ごま》をまいたようにはっきり見《み》えた。からすは、もちろん、門《もん》の上《うえ》にある死人《しびと》の肉《にく》を、ついばみに来《く》るのである。――もっとも今日《きょう》は、刻限《こくげん》が遅《おそ》いせいか、一羽《いちわ》も見《み》えない。ただ、ところどころ、崩《くず》れかかった、そうしてその崩《くず》れ目《め》に長《なが》い草《くさ》のはえた石段《いしだん》の上《うえ》に、からすの糞《ふん》が、点々《てんてん》と白《しろ》くこびりついているのが見《み》える。下人《げにん》は七段《しちだん》ある石段《いしだん》の一番上《いちばんうえ》の段《だん》に、洗《あら》いざらした紺《こん》の襖《あお》の尻《しり》を据《す》えて、右《みぎ》の頰《ほお》にできた、大《おお》きなにきびを気《き》にしながら、ぼんやり、雨《あめ》のふるのを眺《なが》めていた。

作者《さくしゃ》はさっき、「下人《げにん》が雨《あま》やみを待《ま》っていた」と書《か》いた。しかし、下人《げにん》は雨《あめ》がやんでも、格別《かくべつ》どうしようという当《あ》てはない。ふだんなら、もちろん、主人《しゅじん》の家《いえ》へ帰《かえ》るべきはずである。ところがその主人《しゅじん》からは、四《し》、五日前《ごにちまえ》に暇《ひま》を出《だ》された。前《まえ》にも書《か》いたように、当時京都《とうじきょうと》の町《まち》は一通《ひととお》りならず衰微《すいび》していた。今《いま》この下人《げにん》が、永《なが》年《ねん》、使《つか》われていた主人《しゅじん》から、暇《ひま》を出《だ》されたのも、実《じつ》はこの衰微《すいび》の小《ちい》さな余波《よは》にほかなら

揉烏帽子《もみえぼし》 薄《うす》く漆《うるし》を塗《ぬ》ってやわらかくもんだ烏帽子《えぼし》。ここでは、それを被《かぶ》った男性《だんせい》のこと。

饑饉《ききん》 天候《てんこう》による農作物《のうさくぶつ》の不作《ふさく》で食糧《しょくりょう》が欠乏《けつぼう》すること。

狐狸《こり》 きつねやたぬき。

鴟尾《しび》 大《おお》きな建物《たてもの》の棟《むね》の両端《りょうたん》につけた飾《かざ》り。

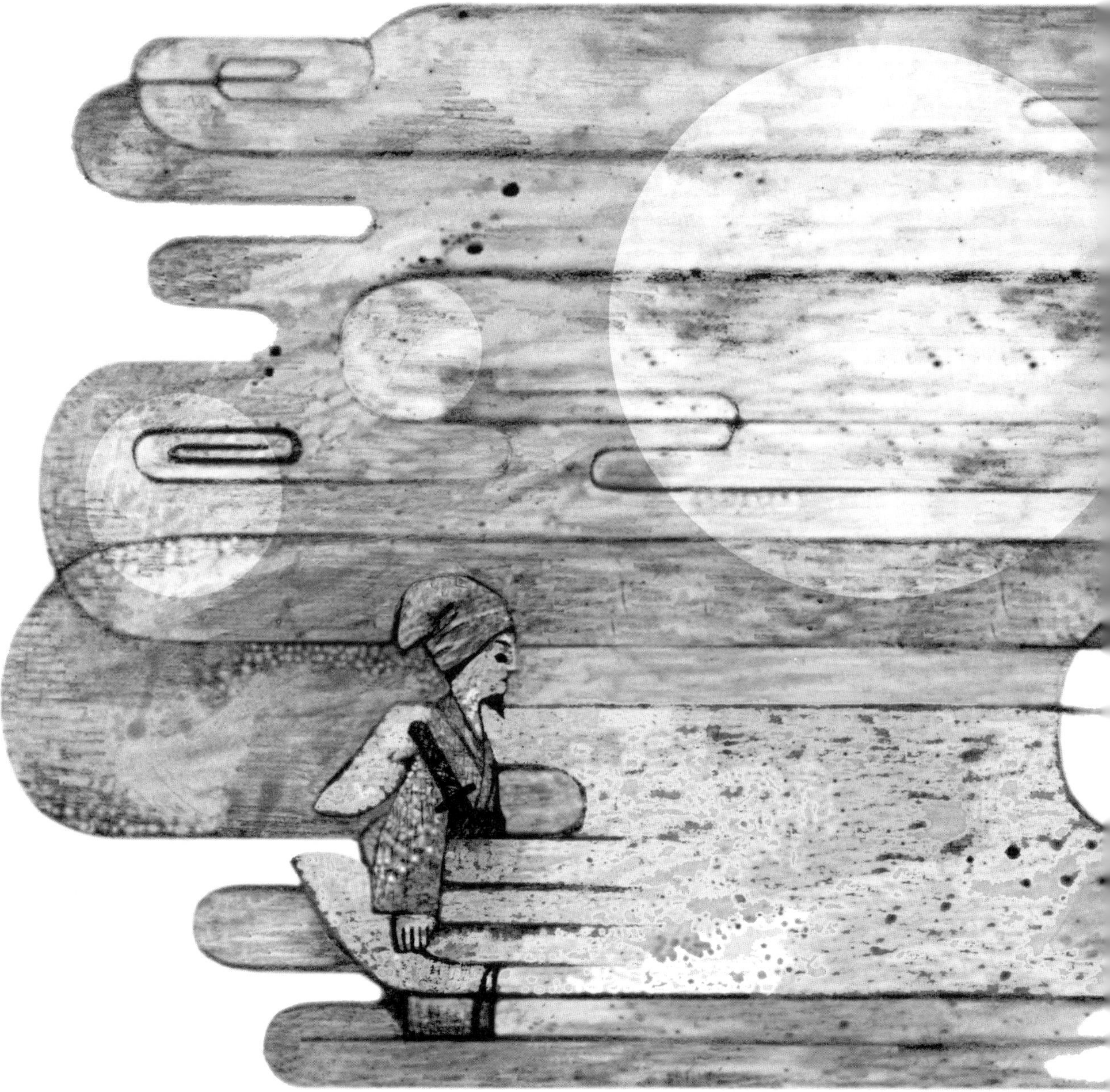

ない。だから「下人《げにん》が雨《あま》やみを待《ま》っていた」というよりも「雨《あめ》にふりこめられた下人《げにん》が、行《ゆ》き所《ところ》がなくて、途方《とほう》にくれていた」という方《ほう》が、適当《てきとう》である。そのうえ、今日《きょう》の空模様《そらもよう》も少《すく》なからず、この平安朝《へいあんちょう》の下人《げにん》の*Sentimentalisme《サンティマンタリスム》に影響《えいきょう》した。*申《さる》の刻下《こくさ》がりからふり出《だ》した雨《あめ》は、いまだに上《あ》がるけしきがない。そこで、下人《げにん》は、何《なに》をおいても差《さ》し当《あ》たり明日《あす》の暮《く》らしをどうにかしようとして――いわばどうにもならないことを、どうにかしようとして、とりとめもない考《かんが》えをたどりながら、さっきから朱雀大路《すざくおおじ》にふる雨《あめ》の音《おと》を、聞《き》くともなく聞《き》いていたのである。

雨《あめ》は、羅生門《らしょうもん》をつつんで、遠《とお》くから、ざあっという音《おと》をあつめて来《く》る。夕闇《ゆうやみ》はしだいに空《そら》を低《ひく》くして、見上《みあ》げると、門《もん》の屋根《やね》が、斜《なな》めにつき出《だ》した甍《いらか》の先《さき》に、重《おも》たくうす暗《ぐら》い雲《くも》を支《ささ》えている。

どうにもならないことを、どうにかするためには、手段《しゅだん》を選《えら》んでいる*遑《いとま》はない。選《えら》んでいれば、築土《ついじ》の下《した》か、道《みち》ばたの土《つち》の上《うえ》で、饑《う》え死《じ》にをするばかりである。そうして、この門《もん》の上《うえ》へ持《も》って来《き》て、犬《いぬ》のように棄《す》てられてしまうばかりである。選《えら》ばないとすれば――下人《げにん》の考《かんが》えは、何度《なんど》も同《おな》じ道《みち》を*低徊《ていかい》したあげくに、やっとこの*局所《きょくしょ》へ逢着《ほうちゃく》した。

しかしこの「すれば」は、いつまでたっても、結局《けっきょく》「すれば」であった。下人《げにん》は、手段《しゅだん》を選《えら》ばないということを肯定《こうてい》しながらも、この「すれば」のかたをつけるために、当然《とうぜん》、その後《のち》に来《きた》るべき「盗人《ぬすびと》になるよりほかに仕方《しかた》がない」ということを、積極的《せっきょくてき》に肯定《こうてい》するだけの、勇気《ゆうき》が出《で》ずにいたのである。

Sentimentalisme《サンティマンタリスム》　（フランス語《ご》で）物事《ものごと》に敏感《びんかん》になっている心《こころ》の状態《じょうたい》。

申《さる》の刻下《こくさ》がり　午後《ごご》四時《よじ》過《す》ぎ。

遑《いとま》　ひま。

低徊《ていかい》　行《い》ったり来《き》たりすること。

局所《きょくしょ》へ逢着《ほうちゃく》した　ひとつの考《かんが》えに行《い》き当《あ》たった。

下人《げにん》は、大《おお》きなくさめをして、それから、たいぎそうに立《た》ち上《あ》がった。夕冷《ゆうひ》えのする京都《きょうと》は、もう火桶《ひおけ》が欲《ほ》しいほどの寒《さむ》さである。風《かぜ》は門《もん》の柱《はしら》と柱《はしら》との間《あいだ》を、夕闇《ゆうやみ》とともに遠慮《えんりょ》なく、吹《ふ》きぬける。丹塗《にぬ》りの柱《はしら》にとまっていたきりぎりすも、もうどこかへ行《い》ってしまった。

下人《げにん》は、首《くび》をちぢめながら、山吹《やまぶき》のかざみに重《かさ》ねた、紺《こん》の襖《あお》の肩《かた》を高《たか》くして門《もん》のまわりを見回《みまわ》した。雨風《あめかぜ》のうれえのない、人目《ひとめ》にかかる恐《おそ》れのない、一晩楽《ひとばんらく》に寝《ね》られそうなところがあれば、そこでともかくも、夜《よ》を明《あ》かそうと思《おも》ったからである。すると、幸《さいわ》い門《もん》の上《うえ》の楼《ろう》へのぼる、幅《はば》の広《ひろ》い、これも丹《に》を塗《ぬ》ったはしごが眼《め》についた。上《うえ》なら、人《ひと》がいたにしても、どうせ死人《しびと》ばかりである。下人《げにん》はそこで、腰《こし》にさげた*聖柄《ひじりづか》の太刀《たち》が*さや走《ばし》らないように気《き》をつけながら、わら草履《ぞうり》をはいた足《あし》を、そのはしごの一番下《いちばんした》の段《だん》へふみかけた。

それから、何分《なんぷん》かの後《のち》である。羅生門《らしょうもん》の楼《ろう》の上《うえ》へ出《で》る、幅《はば》の広《ひろ》いはしごの中段《ちゅうだん》に、一人《ひとり》の男《おとこ》が、猫《ねこ》のように身《み》をちぢめて、息《いき》を殺《ころ》しながら、上《うえ》の様子《ようす》をうかがっていた。楼《ろう》の上《うえ》からさす火《ひ》の光《ひかり》が、かすかに、その男《おとこ》の右《みぎ》の頰《ほお》をぬらしている。短《みじか》いひげの中《なか》に、赤《あか》く膿《うみ》を持《も》ったにきびのある頰《ほお》である。下人《げにん》は、始《はじ》めから、この上《うえ》にいる者《もの》は、死人《しびと》ばかりだとたかをくくっていた。それが、はしごを二《に》、三段《さんだん》のぼって見《み》ると、上《うえ》では誰《だれ》かが火《ひ》をとぼして、しかもその火《ひ》をそこここと動《うご》かしているらしい。これは、そのにごった、黄色《きいろ》い光《ひかり》が、隅々《すみずみ》に蜘蛛《くも》の巣《す》をかけた天井裏《てんじょううら》に、揺《ゆ》れながら映《うつ》ったので、すぐにそれと

聖柄《ひじりづか》の太刀《たち》
持《も》ち手《て》に鮫《さめ》の皮《かわ》を巻《ま》いていない、木《き》のままの長《なが》い刀《かたな》。

さや走《ばし》らないように
刀《かたな》の筒《つつ》から抜《ぬ》け落《お》ちないように。

知《し》れたのである。この雨《あめ》の夜《よ》に、この羅生門《らしょうもん》の上《うえ》で、火《ひ》をともしているからは、どうせただの者《もの》ではない。

下人《げにん》は、守宮《やもり》のように足音《あしおと》をぬすんで、やっと急《きゅう》なはしごを、一番上《いちばんうえ》の段《だん》まではうようにしてのぼりつめた。そうして体《からだ》をできるだけ、平《たい》らにしながら、首《くび》をできるだけ、前《まえ》へ出《だ》して、おそるおそる、楼《ろう》の内《うち》をのぞいてみた。

見《み》ると、楼《ろう》の内《うち》には、噂《うわさ》に聞《き》いたとおり、幾《いく》つかの死骸《しがい》が、無造作《むぞうさ》に棄《す》ててあるが、火《ひ》の光《ひかり》の及《およ》ぶ範囲《はんい》が、思《おも》ったより狭《せま》いので、数《かず》は幾《いく》つともわからない。ただ、おぼろげながら、知《し》れるのは、その中《なか》に裸《はだか》の死骸《しがい》と、着物《きもの》を着《き》た死骸《しがい》とがあるということである。もちろん、中《なか》には女《おんな》も男《おとこ》もまじっているらしい。そうして、その死骸《しがい》は皆《みな》、それが、かつて、生《い》きていた人間《にんげん》だという事実《じじつ》さえ疑《うたが》われるほど、土《つち》をこねて造《つく》った人形《にんぎょう》のように、口《くち》を開《あ》いたり手《て》を延《の》ばしたりして、ごろごろ床《ゆか》の上《うえ》にころがっていた。しかも、肩《かた》とか胸《むね》とかの高《たか》くなっている部分《ぶぶん》に、ぼんやりした火《ひ》の光《ひかり》をうけて、低《ひく》くなっている部《ぶ》分《ぶん》の影《かげ》をいっそう暗《くら》くしながら、永久《えいきゅう》に*唖《おし》のごとく黙《だま》っていた。

下人《げにん》は、それらの死骸《しがい》の腐《ふ》らんした臭気《しゅうき》に思《おも》わず、鼻《はな》をおおった。しかし、その手《て》は、次《つぎ》の瞬間《しゅんかん》には、もう鼻《はな》をおおうことを忘《わす》れていた。ある強《つよ》い感情《かんじょう》が、ほとんどことごとくこの男《おとこ》の嗅覚《きゅうかく》を奪《うば》ってしまったからだ。

下人《げにん》の眼《め》は、その時《とき》、はじめてその死骸《しがい》の中《なか》にうずくまっている人間《にんげん》を見《み》た。*檜皮色《ひわだいろ》の着物《きもの》を着《き》た、背《せ》の低《ひく》い、やせた、白髪頭《しらがあたま》の、猿《さる》のような老婆《ろうば》である。その老婆《ろうば》は、右《みぎ》

唖《おし》　話《はな》しができない人《ひと》。今《いま》は使《つか》わない言葉《ことば》。

檜皮色《ひわだいろ》　暗《くら》い茶色《ちゃいろ》。

の手《て》に火《ひ》をともした松《まつ》の木片《きぎれ》を持《も》って、その死骸《しがい》の一《ひと》つの顔《かお》をのぞきこむように眺《なが》めていた。髪《かみ》の毛《け》の長《なが》いところを見《み》ると、多分女《たぶんおんな》の死骸《しがい》であろう。

下人《げにん》は、六分《ろくぶ》の恐怖《きょうふ》と四分《しぶ》の好奇心《こうきしん》とに動《うご》かされて、*暫時《ざんじ》は呼吸《いき》をするのさえ忘《わす》れていた。旧記《きゅうき》の記者《きしゃ》の語《ご》を借《か》りれば、「*頭身《とうしん》の毛《け》も太《ふと》る」ように感《かん》じたのである。すると老婆《ろうば》は、松《まつ》の木片《きぎれ》を、床板《ゆかいた》の間《あいだ》にさして、それから、今《いま》まで眺《なが》めていた死骸《しがい》の首《くび》に両手《りょうて》をかけると、ちょうど、猿《さる》の親《おや》が猿《さる》の子《こ》のしらみをとるように、その長《なが》い髪《かみ》の毛《け》を一本《いっぽん》ずつ抜《ぬ》きはじめた。髪《かみ》は手《て》に従《したが》って抜《ぬ》けるらしい。

その髪《かみ》の毛《け》が、一本《いっぽん》ずつ抜《ぬ》けるのに従《したが》って、下人《げにん》の心《こころ》からは、恐怖《きょうふ》が少《すこ》しずつ消《き》えていった。そうして、それと同時《どうじ》に、この老婆《ろうば》に対《たい》するはげしい憎悪《ぞうお》が、少《すこ》しずつ動《うご》いてきた。――いや、この老婆《ろうば》に対《たい》するといっては、語弊《ごへい》があるかもしれない。むしろ、あらゆる悪《あく》に対《たい》する反感《はんかん》が、一分《いっぷん》ごとに強《つよ》さを増《ま》してきたのである。この時《とき》、誰《だれ》かがこの下人《げにん》に、さっき門《もん》の下《した》でこの男《おとこ》が考《かんが》えていた、饑《う》え死《じ》にをするか盗人《ぬすびと》になるかという問《もん》題《だい》を、改《あらた》めて持《も》ち出《だ》したら、恐《おそ》らく下人《げにん》は、何《なん》の未練《みれん》もなく、饑《う》え死《じ》にを選《えら》んだことであろう。それほど、この男《おとこ》の悪《あく》を憎《にく》む心《こころ》は、老婆《ろうば》の床《ゆか》にさした松《まつ》の木片《きぎれ》のように、勢《いきお》いよく燃《も》え上《あ》がり出《だ》していたのである。

下人《げにん》には、もちろん、なぜ老婆《ろうば》が死人《しびと》の髪《かみ》の毛《け》を抜《ぬ》くかわからなかった。従《したが》って、合《ごう》理的《りてき》には、それを善悪《ぜんあく》のいずれに片《かた》づけてよいか知《し》らなかった。しかし下人《げにん》にとっては、この雨《あめ》の夜《よる》に、この羅生門《らしょうもん》の上《うえ》で、死人《しびと》の髪《かみ》の毛《け》を抜《ぬ》くということが、それだけですで

暫時《ざんじ》 しばらく。

頭身《とうしん》の毛《け》も太《ふと》る 恐怖《きょうふ》で髪《かみ》が逆立《さかだ》つように感《かん》じること。

に許《ゆる》すべからざる悪《あく》であった。もちろん、下人《げにん》は、さっきまで自分《じぶん》が、盗人《ぬすびと》になる気《き》でいたことなぞは、とうに忘《わす》れていたのである。

そこで、下人《げにん》は、両足《りょうあし》に力《ちから》を入《い》れて、いきなり、はしごから上《うえ》へ飛《と》び上《あ》がった。そうして聖柄《ひじりづか》の太刀《たち》に手《て》をかけながら、大股《おおまた》に老婆《ろうば》の前《まえ》へ歩《あゆ》みよった。老婆《ろうば》が驚《おどろ》いたのは言《い》うまでもない。

老婆《ろうば》は、一目《ひとめ》下人《げにん》を見《み》ると、まるでいしゆみにでも弾《はじ》かれたように、飛《と》び上《あ》がった。

「おのれ、どこへ行《ゆ》く。」

下人《げにん》は、老婆《ろうば》が死骸《しがい》につまずきながら、慌《あわ》てふためいて逃《に》げようとする行《ゆ》くてをふさいで、こうののしった。老婆《ろうば》は、それでも下人《げにん》をつきのけて行《ゆ》こうとする。下人《げにん》はまた、それを行《ゆ》かすまいとして、押《お》しもどす。二人《ふたり》は死骸《しがい》の中《なか》で、しばらく、無言《むごん》のまま、つかみ合《あ》った。しかし勝敗《しょうはい》は、はじめからわかっている。下人《げにん》はとうとう、老婆《ろうば》の腕《うで》をつかんで、無理《むり》にそこへねじ倒《たお》した。ちょうど、鶏《とり》の脚《あし》のような、骨《ほね》と皮《かわ》ばかりの腕《うで》である。

「何《なに》をしていた。言《い》え。言《い》わぬと、これだぞよ。」

下人《げにん》は、老婆《ろうば》をつき放《はな》すと、いきなり、太刀《たち》のさやを払《はら》って、白《しろ》い鋼《はがね》の色《いろ》をその眼《め》の前《まえ》へつきつけた。けれども、老婆《ろうば》は黙《だま》っている。両手《りょうて》をわなわなふるわせて、肩《かた》で息《いき》を切《き》りながら、眼《め》を、眼球《めだま》がまぶたの外《そと》へ出《で》そうになるほど、見開《みひら》いて、唖《おし》のように執拗《しゅうね》く黙《だま》っている。

これを見《み》ると、下人《げにん》は始《はじ》めて明白《めいはく》にこの老婆《ろうば》の生死《せいし》が、全然《ぜんぜん》、自分《じぶん》の意志《いし》に支配《しはい》されているということを意識《いしき》した。そうしてこの意識《いしき》は、今《いま》までけわしく燃《も》えていた憎悪《ぞうお》の心《こころ》を、いつの間《ま》にか冷《さ》ましてしまった。後《あと》に残《のこ》ったのは、ただ、ある仕事《しごと》をして、それが円満《えんまん》に成就《じょうじゅ》した時《とき》の、安《やす》らかな得意《とくい》と満足《まんぞく》とがあるばかりである。そこで、下人《げにん》は、老婆《ろうば》を見下《みお》ろしながら、少《すこ》し声《こえ》をやわらげてこう言《い》った。

「おれは*検非違使《けびいし》の庁《ちょう》の役人《やくにん》などではない。今《いま》しがたこの門《もん》の下《した》を通《とお》りかかった旅《たび》の者《もの》だ。だからお前《まえ》に縄《なわ》をかけて、どうしようというようなことはない。ただ、今時分《いまじぶん》この門《もん》の上《うえ》で、何《なに》をしていたのだか、それをおれに話《はな》しさえすればいいのだ。」

すると、老婆《ろうば》は、見開《みひら》いていた眼《め》を、いっそう大《おお》きくして、じっとその下人《げにん》の顔《かお》を見《み》守《まも》った。まぶたの赤《あか》くなった、肉食鳥《にくしょくちょう》のような、鋭《するど》い眼《め》で見《み》たのである。それから、しわで、ほとんど、鼻《はな》と一《ひと》つになった唇《くちびる》を、何《なに》か物《もの》でもかんでいるように動《うご》かした。細《ほそ》いのどで、尖《とが》ったのどぼとけの動《うご》いているのが見《み》える。その時《とき》、そののどから、からすのなくような声《こえ》が、あえぎあえぎ、下人《げにん》の耳《みみ》へ伝《つた》わってきた。

「この髪《かみ》を抜《ぬ》いてな、この髪《かみ》を抜《ぬ》いてな、*かずらにしようと思《おも》うたのじゃ。」

下人《げにん》は、老婆《ろうば》の答《こた》えが存外《ぞんがい》、平凡《へいぼん》なのに失望《しつぼう》した。そうして失望《しつぼう》すると同時《どうじ》に、また前《まえ》の憎悪《ぞうお》が、冷《ひ》ややかな侮蔑《ぶべつ》といっしょに、心《こころ》の中《なか》へ入《はい》ってきた。すると、その気色《けしき》が、先方《せんぽう》へも通《つう》じたのであろう。老婆《ろうば》は、片手《かたて》に、まだ死骸《しがい》の頭《あたま》から奪《うば》った長《なが》い抜《ぬ》け毛《げ》を持《も》ったなり、*ひきのつぶやくような声《こえ》で、口《くち》ごもりながら、こんなことを言《い》った。

検非違使《けびいし》の庁《ちょう》
平安時代《へいあんじだい》の警察《けいさつ》と裁判所《さいばんしょ》を兼《か》ねた役《やく》所《しょ》。

かずら
かつら。

ひき
ひきがえる。

「なるほどな、死人《しびと》の髪《かみ》の毛《け》を抜《ぬ》くということは、何《なん》ぼう悪《わる》いことかもしれぬ。じゃが、ここにいる死人《しびと》どもは、皆《みな》、そのくらいなことを、されてもいい人間《にんげん》ばかりだぞよ。現《げん》在《ざい》、わしが今《いま》、髪《かみ》を抜《ぬ》いた女《おんな》などはな、蛇《へび》を*四寸《しすん》ばかりずつに切《き》って干《ほ》したのを、干魚《ほしうお》だというて、*太刀帯《たてわき》の陣《じん》へ売《う》りにいんだわ。疫病《えやみ》にかかって死《し》ななんだら、今《いま》でも売《う》りにいんでいたことであろ。それもよ、この女《おんな》の売《う》る干魚《ほしうお》は、味《あじ》がよいというて、太刀帯《たてわき》どもが、欠《か》かさず*菜料《さいりょう》に買《か》っていたそうな。わしは、この女《おんな》のしたことが悪《わる》いとは思《おも》うていぬ。せねば、饑《う》え死《じ》にをするのじゃて、仕方《しかた》がなくしたことであろ。されば、今《いま》また、わしのしていたことも悪《わる》いこととは思《おも》わぬぞよ。これとてもやはりせねば、饑《う》え死《じ》にをするじゃて、仕方《しかた》がなくすることじゃわいの。じゃて、その仕方《しかた》がないことを、よく知《し》っていたこの女《おんな》は、大方《おおかた》わしのすることも大目《おおめ》に見《み》てくれるであろ。」

老婆《ろうば》は、大体《だいたい》こんな意味《いみ》のことを言《い》った。

下人《げにん》は、太刀《たち》をさやにおさめて、その太刀《たち》の柄《つか》を左《ひだり》の手《て》でおさえながら、冷然《れいぜん》として、この話《はなし》を聞《き》いていた。もちろん、右《みぎ》の手《て》では、赤《あか》く頰《ほお》にうみを持《も》った大《おお》きなにきびを気《き》にしながら、聞《き》いているのである。しかし、これを聞《き》いているうちに、下人《げにん》の心《こころ》には、ある勇気《ゆうき》が生《う》まれてきた。

それは、さっき門《もん》の下《した》で、この男《おとこ》には欠《か》けていた勇気《ゆうき》である。そうして、またさっきこの門《もん》の上《うえ》へ上《あ》がって、この老婆《ろうば》を捕《と》らえた時《とき》の勇気《ゆうき》とは、全然《ぜんぜん》、反対《はんたい》な方向《ほうこう》に動《うご》こうとする勇気《ゆうき》である。下人《げにん》は、饑《う》え死《じ》にをするか盗人《ぬすびと》になるかに、迷《まよ》わなかったばかりで

四寸《しすん》 約《やく》十二センチメートル。

太刀帯《たてわき》の陣《じん》 皇太子《こうたいし》を護衛《ごえい》する役人《やくにん》たちが集《あつ》まる場所《ばしょ》。

菜料《さいりょう》 おかず。

はない。その時《とき》のこの男《おとこ》の心《こころ》もちからいえば、饑《う》え死《じ》になどということは、ほとんど、考《かんが》えることさえできないほど、意識《いしき》の外《そと》に追《お》い出《だ》されていた。

「きっと、そうか。」

老婆《ろうば》の話《はなし》がおわると、下人《げにん》はあざけるような声《こえ》で念《ねん》を押《お》した。そうして、一足前《ひとあしまえ》へ出《で》ると、ふいに右《みぎ》の手《て》をにきびから離《はな》して、老婆《ろうば》の襟上《えりがみ》をつかみながら、かみつくようにこう言《い》った。

「では、おれが*引《ひ》はぎをしようと恨《うら》むまいな。おれもそうしなければ、饑《う》え死《じ》にをする体《からだ》なのだ。」

下人《げにん》は、すばやく、老婆《ろうば》の着物《きもの》をはぎとった。それから、足《あし》にしがみつこうとする老《ろう》婆《ば》を、手荒《てあら》く死骸《しがい》の上《うえ》へけ倒《たお》した。はしごの口《くち》までは、わずかに五歩《ごほ》を数《かぞ》えるばかりである。下人《げにん》は、はぎとった檜皮色《ひわだいろ》の着物《きもの》をわきにかかえて、またたく間《あいだ》に急《きゅう》なはしごを夜《よる》の底《そこ》へかけ下《お》りた。

しばらく、死《し》んだように倒《たお》れていた老婆《ろうば》が、死骸《しがい》の中《なか》から、その裸《はだか》の体《からだ》を起《お》こしたのは、それから間《ま》もなくのことである。老婆《ろうば》はつぶやくような、うめくような声《こえ》を立《た》てながら、まだ燃《も》えている火《ひ》の光《ひかり》をたよりに、はしごの口《くち》まで、はっていった。そうして、そこから、短《みじか》い白髪《しらが》をさかさまにして、門《もん》の下《した》をのぞきこんだ。外《そと》には、ただ、*黒《こく》とうとうたる夜《よる》があるばかりである。

下人《げにん》の行方《ゆくえ》は、誰《だれ》も知《し》らない。

引《ひ》はぎ 衣類《いるい》や持《も》ち物《もの》などを奪《うば》うこと。

黒《こく》とうとう ほら穴《あな》の中《なか》のように一面《いちめん》真《ま》っ暗《くら》な様《さま》。

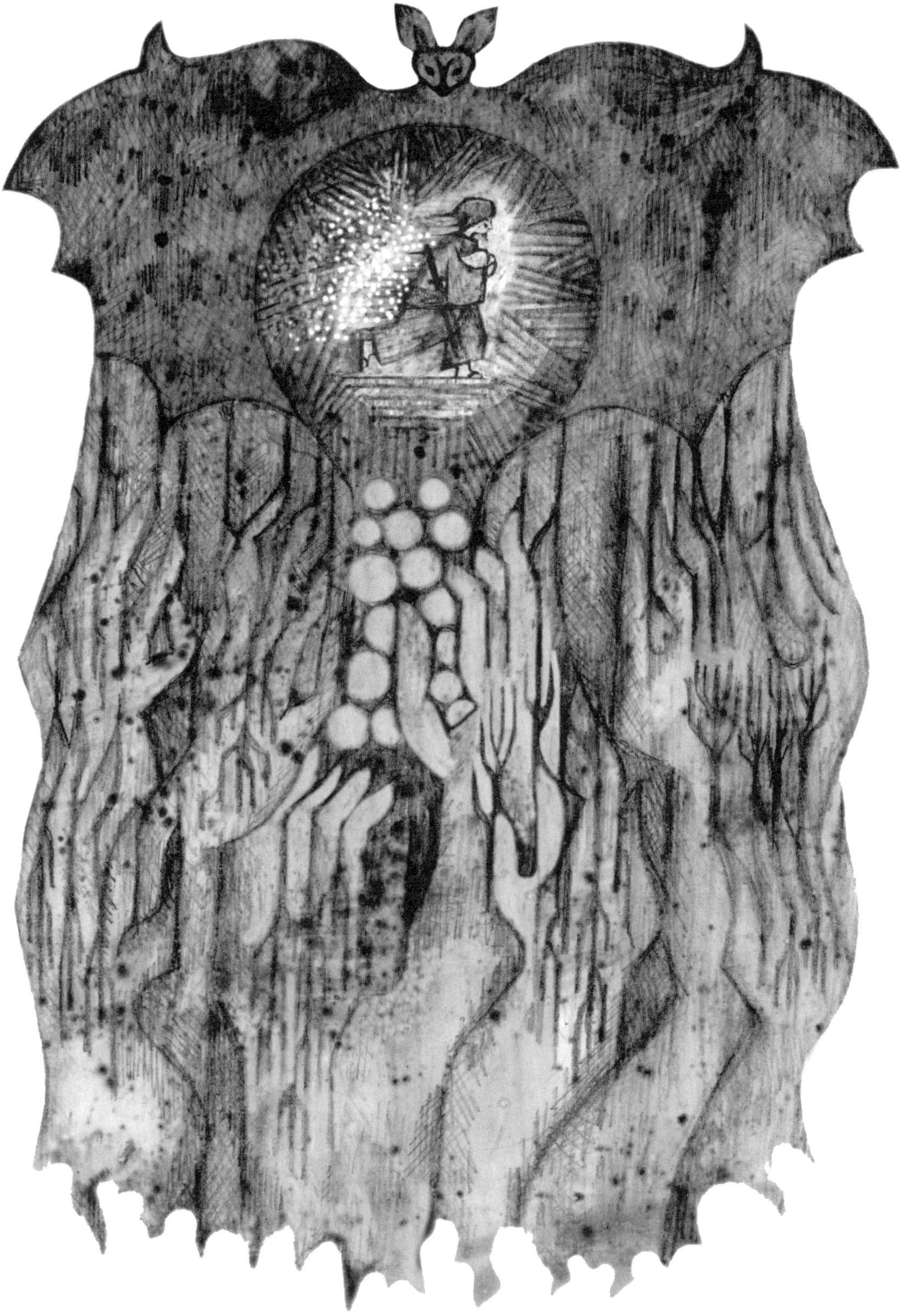

仙人《せんにん》

みなさん。

わたしは今大阪《いまおおさか》にいます、ですから大阪《おおさか》の話《はなし》をしましょう。

昔《むかし》、大阪《おおさか》の町《まち》へ奉公《ほうこう》に来《き》た男《おとこ》がありました。名《な》はなんといったかわかりません。ただ飯炊《めした》き奉公《ぼうこう》に来《き》た男《おとこ》ですから、*権助《ごんすけ》とだけ伝《つた》わっています。

権助《ごんすけ》は*口入《くちい》れ屋《や》ののれんをくぐると、煙管《きせる》をくわえていた*番頭《ばんとう》に、こう口《くち》の世話《せわ》を頼《たの》みました。

「番頭《ばんとう》さん。わたしは*仙人《せんにん》になりたいのだから、そういうところへ住《す》みこませてください。」

番頭《ばんとう》はあっけにとられたように、しばらくは口《くち》もきかずにいました。

「番頭《ばんとう》さん。聞《き》こえませんか？　わたしは仙人《せんにん》になりたいのだから、そういうところへ

権助《ごんすけ》
江戸時代《えどじだい》、飯炊《めした》き男《おとこ》を権助《ごんすけ》と呼《よ》んだ。

口入《くちい》れ屋《や》
奉公先《ほうこうさき》を世話《せわ》する商売《しょうばい》。

番頭《ばんとう》
商家《しょうか》の使用人《しようにん》の頭《かしら》で、店《みせ》のすべてを預《あず》かる者《もの》。

住《す》みこませてください。」

「まことにお気《き》の毒《どく》さまですが、――」

番頭《ばんとう》はやっといつものとおり、煙草《たばこ》をすぱすぱ吸《す》いはじめました。

「てまえの店《みせ》ではまだ一度《いちど》も、仙人《せんにん》なぞの口入《くちい》れは引《ひ》き受《う》けたことはありませんから、どうかほかへおいでなすってください。」

すると権助《ごんすけ》は不服《ふふく》そうに、千草《ちぐさ》の股引《ももひき》の膝《ひざ》をすすめながら、こんな理屈《りくつ》を言《い》い出《だ》しました。

「それはちと話《はなし》が違《ちが》うでしょう。おまえさんの店《みせ》ののれんには、なんと書《か》いてあるとお思《おも》いなさる？　よろず口入《くちい》れ所《どころ》と書《か》いてあるじゃありませんか？　よろずというからはなにごとでも、口入《くちい》れをするのがほんとうです。それともおまえさんの店《みせ》ではのれんの上《うえ》に、うそを書《か》いておいたつもりなのですか？」

なるほどこう言《い》われてみると、権助《ごんすけ》が恐《おこ》るのももっともです。

「いえ、のれんにうそがある次第《しだい》ではありません。なんでも仙人《せんにん》になれるような奉公口《ほうこうぐち》を探《さが》せとおっしゃるのなら、明日《あした》またおいでください。今日《きょう》じゅうに心当《こころあ》たりをたずねておいてみますから。」

番頭《ばんとう》はとにかく一時《いちじ》のがれに、権助《ごんすけ》の頼《たの》みを引《ひ》き受《う》けてやりました。が、どこへ奉公《ほうこう》させたら、仙人《せんにん》になる修業《しゅぎょう》ができるか、もとよりそんなことなぞはわかるはずがありません。ですからひとまず権助《ごんすけ》を帰《かえ》すと、さっそく番頭《ばんとう》は近所《きんじょ》にある医者《いしゃ》のところへ出《で》か

仙人《せんにん》
不老不死《ふろうふし》で神通力《じんつうりき》を持《も》つ人《ひと》。

けていきました。そうして権助《ごんすけ》のことを話《はな》してから、

「いかがでしょう？　先生《せんせい》。仙人《せんにん》になる修業《しゅぎょう》をするには、どこへ奉公《ほうこう》するのが近《ちか》みちでしょう？」

と、心配《しんぱい》そうにたずねました。

これには医者《いしゃ》も困《こま》ったのでしょう。しばらくぼんやり腕組《うでぐ》みをしながら、庭《にわ》の松《まつ》ばかりながめていました。が番頭《ばんとう》の話《はなし》を聞《き》くと、すぐに横《よこ》から口《くち》を出《だ》したのは、古狐《ふるぎつね》というあだなのある、狡猾《こうかつ》な医者《いしゃ》の女房《にょうぼう》です。

「それはうちへおよこしよ。うちにいれば二《に》、三年《さんねん》うちには、きっと仙人《せんにん》にしてみせるから。」

「さようですか？　それはよいことをうかがいました。ではなにぶん願《ねが》います。どうも仙人《せんにん》とお医者《いしゃ》さまとは、どこか縁《えん》が近《ちか》いような心《こころ》もちがいたしておりましたよ。」

何《なに》も知《し》らない番頭《ばんとう》は、しきりにおじぎを重《かさ》ねながら、大喜《おおよろこ》びで帰《かえ》りました。

医者《いしゃ》は苦《にが》い顔《かお》をしたまま、そのあとを見送《みおく》っていましたが、やがて女房《にょうぼう》にむかいながら、

「おまえはなんというばかなことをいうのだ？　もしその*田舎者《いなかもの》が何年《なんねん》いても、いっこう仙術《せんじゅつ》を教《おし》えてくれぬなぞと、不平《ふへい》でもいいだしたら、どうする気《き》だ？」

といまいましそうに小言《こごと》を言《い》いました。

しかし女房《にょうぼう》はあやまるどころか、鼻《はな》の先《さき》でふふんと笑《わら》いながら、

田舎者《いなかもの》
田舎育《いなかそだ》ちの人《ひと》を侮《ぶ》蔑《べつ》する言葉《ことば》。

「まあ、あなたはだまっていらっしゃい。あなたのようにばか正直《しょうじき》では、このせちがらい世《よ》の中《なか》に、ご飯《はん》を食《た》べることもできはしません。」

と、あべこべに医者《いしゃ》をやりこめるのです。

さて、あくる日《ひ》になると約束《やくそく》どおり、田舎者《いなかもの》の権助《ごんすけ》は番頭《ばんとう》といっしょにやってきました。今日《きょう》はさすがに権助《ごんすけ》も、初《はつ》のおめみえだと思《おも》ったせいか、紋付《もんつ》きの羽織《はおり》を着《き》ていますが、見《み》たところはただの百姓《ひゃくしょう》と少《すこ》しも違《ちが》った様子《ようす》はありません。それがかえって案外《あんがい》だったのでしょう。医者《いしゃ》はまるで*天竺《てんじく》から来《き》た*麝香獣《じゃこうじゅう》でも見《み》る時《とき》のように、じろじろその顔《かお》をながめながら、

「おまえは仙人《せんにん》になりたいのだそうだが、いったいどういうところから、そんな望《のぞ》みを起《お》こしたのだ？」

と、不審《ふしん》そうにたずねました。すると権助《ごんすけ》が答《こた》えるには、

「べつにこれというわけもございませんが、ただあの大阪《おおさか》のお城《しろ》を見《み》たら、*太閤《たいこう》さまのように偉《えら》い人《ひと》でも、いつか一度《いちど》は死《し》んでしまう。してみれば人間《にんげん》というものは、いくら*栄耀栄華《えようえいが》をしても、はかないものだと思《おも》ったのです。」

「では仙人《せんにん》になれさえすれば、どんな仕事《しごと》でもするだろうね？」

狡猾《こうかつ》な医者《いしゃ》の女房《にょうぼう》は、すかさず口《くち》を入《い》れました。

「はい。仙人《せんにん》になれさえすれば、どんな仕事《しごと》でもいたします。」

「それでは今日《きょう》からわたしのところに、二十年《ねん》の間《あいだ》奉公《ほうこう》おし。そうすればきっと二十年《ねん》

天竺《てんじく》 インドの古《ふる》い呼《よ》び名《な》。

麝香獣《じゃこうじゅう》 ジャコウジカやジャコウネコなどの、麝香《じゃこう》を出《だ》す獣《けもの》の総称《そうしょう》。

太閤《たいこう》さま 豊臣秀吉《とよとみひでよし》を指《さ》す。

栄耀栄華《えようえいが》 はなはだしく派手《はで》で、ぜいたくなこと。

目《め》に、仙人《せんにん》になる術《じゅつ》を教《おし》えてやるから。」

「さようでございますか？　それはなにによりありがとうございます。」

「その代《か》わりむこう二十年《ねん》の間《あいだ》は、一文《いちもん》もお給金《きゅうきん》はやらないからね。」

「はい。はい。承知《しょうち》いたしました。」

それから権助《ごんすけ》は二十年間《ねんかん》、その医者《いしゃ》の家《いえ》に使《つか》われていました。水《みず》をくむ。薪《まき》を割《わ》る。飯《めし》を炊《た》く。ふき掃除《そうじ》をする。おまけに医者《いしゃ》が外《そと》へ出《で》る時《とき》は、薬箱《くすりばこ》を背負《せお》ってともをする。——そのうえ給金《きゅうきん》は一文《いちもん》でも、くれと言《い》ったことがないのですから、このくらい重宝《ちょうほう》な奉公人《ほうこうにん》は、日本《にほん》じゅう探《さが》してもありますまい。

が、とうとう二十年《ねん》たつと、権助《ごんすけ》はまた来《き》た時《とき》のように、紋付《もんつ》きの羽織《はおり》をひっかけながら、主人夫婦《しゅじんふうふ》の前《まえ》へ出《で》ました。そうしていんぎんに二十年間《ねんかん》、世話《せわ》になった礼《れい》をのべました。

「ついてはかねがねお約束《やくそく》のとおり、今日《きょう》はひとつわたしにも、不老不死《ふろうふし》になる仙人《せんにん》の術《じゅつ》を教《おし》えてもらいたいと思《おも》いますが。」

権助《ごんすけ》にこう言《い》われると、閉口《へいこう》したのは主人《しゅじん》の医者《いしゃ》です。なにしろ一文《いちもん》も給金《きゅうきん》をやらずに、二十年間《ねんかん》も使《つか》ったあとですから、今《いま》さら仙術《せんじゅつ》は知《し》らぬなぞとは、言《い》えた義理《ぎり》ではありません。医者《いしゃ》はそこで仕方《しかた》なしに、

「仙人《せんにん》になる術《じゅつ》を知《し》っているのは、おれの女房《にょうぼう》のほうだから、女房《にょうぼう》に教《おし》えてもらうがいい。」

と、そっけなく横《よこ》をむいてしまいました。

しかし女房《にょうぼう》は平気《へいき》なものです。

「では仙術《せんじゅつ》を教《おし》えてやるから、その代《か》わりどんなむずかしいことでも、わたしの言《い》うとおりにするのだよ。さもないと仙人《せんにん》になれないばかりか、またむこう二十年《ねん》の間《あいだ》、お給金《きゅうきん》なしに奉公《ほうこう》しないと、すぐに罰《ばち》が当《あ》たって死《し》んでしまうからね。」

「はい。どんなむずかしいことでも、きっとしとげてごらんにいれます。」

権助《ごんすけ》はほくほく喜《よろこ》びながら、女房《にょうぼう》の言《い》いつけを待《ま》っていました。

「それではあの庭《にわ》の松《まつ》にお登《のぼ》り。」

女房《にょうぼう》はこう言《い》いつけました。もとより仙人《せんにん》になる術《じゅつ》なぞは、知《し》っているはずがありませんから、なんでも権助《ごんすけ》にできそうもない、むずかしいことを言《い》いつけて、もしそれができない時《とき》には、またむこう二十年《ねん》の間《あいだ》、ただで使《つか》おうと思《おも》ったのでしょう。しかし権《ごん》助《すけ》はその言葉《ことば》を聞《き》くとすぐに庭《にわ》の松《まつ》へ登《のぼ》りました。

「もっと高《たか》く。もっとずっと高《たか》くお登《のぼ》り。」

女房《にょうぼう》は縁先《えんさき》にたたずみながら、松《まつ》の上《うえ》の権助《ごんすけ》を見上《みあ》げました。権助《ごんすけ》の着《き》た紋付《もんつ》きの羽《は》織《おり》は、もうその大《おお》きな庭《にわ》の松《まつ》でも、一番高《いちばんたか》い梢《こずえ》にひらめいています。

「今度《こんど》は右《みぎ》の手《て》をお放《はな》し。」

権助《ごんすけ》は左手《ひだりて》にしっかりと、松《まつ》の太枝《ふとえだ》をおさえながら、そろそろ右《みぎ》の手《て》を放《はな》しました。

「それから左《ひだり》の手《て》も放《はな》してしまい。」

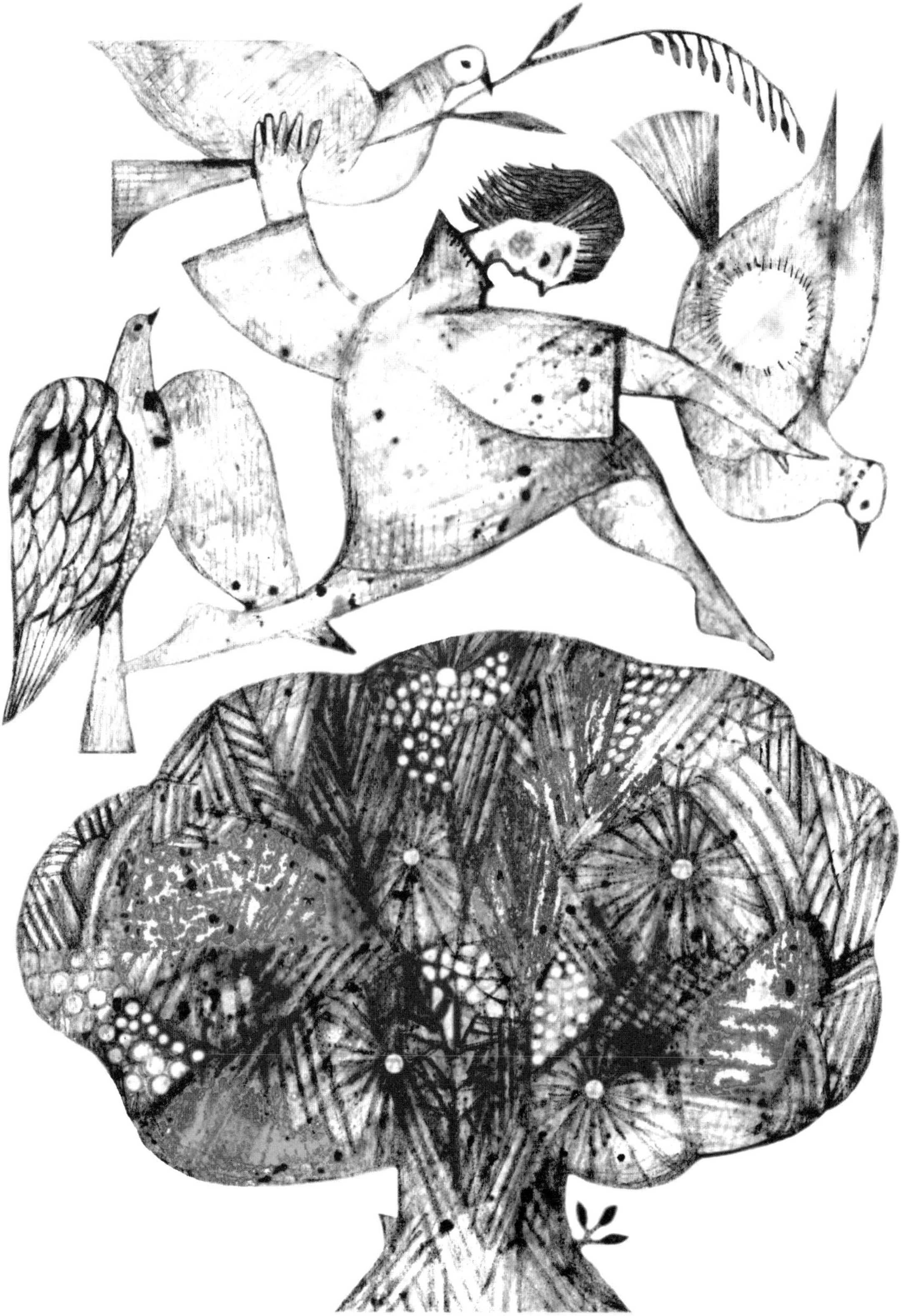

「おい。おい。左《ひだり》の手《て》を放《はな》そうものなら、あの田舎者《いなかもの》は落《お》ちてしまうぜ。落《お》ちれば下《した》には石《いし》があるし、とても命《いのち》はありはしない。」

医者《いしゃ》もとうとう縁先《えんさき》へ、心配《しんぱい》そうな顔《かお》を出《だ》しました。

「あなたの出《で》る幕《まく》ではありませんよ。まあ、わたしにまかせておおきなさい。——さあ、左《ひだり》の手《て》を放《はな》すのだよ。」

権助《ごんすけ》はその言葉《ことば》が終《お》わらないうちに、思《おも》いきって左手《ひだりて》も放《はな》しました。なにしろ木《き》の上《うえ》にのぼったまま、両手《りょうて》とも放《はな》してしまったのですから、落《お》ちずにいるわけはありません。あっという間《ま》に権助《ごんすけ》の体《からだ》は、権助《ごんすけ》の着《き》ていた紋付《もんつ》きの羽織《はおり》は、松《まつ》の梢《こずえ》から離《はな》れました。が、離《はな》れたと思《おも》うと落《お》ちもせずに、不思議《ふしぎ》にも昼間《ひるま》の中空《なかぞら》へ、まるであやつり人形《にんぎょう》のように、ちゃんと立《た》ちどまったではありませんか？

「どうもありがとうございます。おかげさまでわたしも一人前《いちにんまえ》の仙人《せんにん》になれました。」

権助《ごんすけ》はていねいにおじぎをすると、静《しず》かに青空《あおぞら》をふみながら、だんだん高《たか》い雲《くも》の中《なか》へのぼっていってしまいました。

医者夫婦《いしゃふうふ》はどうしたか、それはだれも知《し》っていません。ただその医者《いしゃ》の庭《にわ》の松《まつ》は、ずっとあとまでも残《のこ》っていました。なんでも*淀屋辰五郎《よどやたつごろう》は、この松《まつ》の雪景色《ゆきげしき》をながめるために、四抱《よかか》えにもあまる大木《たいぼく》をわざわざ庭《にわ》へ引《ひ》かせたそうです。

淀屋辰五郎《よどやたつごろう》 元禄時代《げんろくじだい》の大阪《おおさか》の大商人《だいしょうにん》。

舞踏会《ぶとうかい》

一

明治《めいじ》十九年《ねん》十一月三日《がつみっか》の夜《よる》であった。

当時《とうじ》十七歳《さい》だった——家《け》の令嬢明子《れいじょうあきこ》は、頭《あたま》のはげた父親《ちちおや》といっしょに、今夜《こんや》の舞踏会《ぶとうかい》がもよおさるべき*鹿鳴館《ろくめいかん》の階段《かいだん》をのぼって行《い》った。明《あか》るいガスの光《ひかり》に照《て》らされた、幅《はば》の広《ひろ》い階段《かいだん》の両側《りょうがわ》には、ほとんど人工《じんこう》に近《ちか》い大輪《たいりん》の菊《きく》の花《はな》が、三重《みえ》の*まがきをつくっていた。菊《きく》は一番奥《いちばんおく》のがうす紅《べに》、中《なか》ほどのが濃《こ》い黄色《きいろ》、一番前《いちばんまえ》のがまっ白《しろ》な花《はな》びらをふさのごとく乱《みだ》しているのであった。そうしてその菊《きく》のまがきのつきるあたり、階段《かいだん》の上《うえ》の舞《ぶ》踏室《とうしつ》からは、もう陽気《ようき》な管絃楽《かんげんがく》の音《ね》が、おさえがたい幸福《こうふく》の吐息《といき》のように、休《やす》みなくあ

鹿鳴館《ろくめいかん》
明治時代《めいじじだい》に華族《かぞく》、外国人《がいこくじん》の社交場《しゃこうば》として建設《けんせつ》された西《せい》洋館《ようかん》。

まがき
竹《たけ》や柴《しば》などで目《め》を粗《あら》く編《あ》んだ垣根《かきね》。

ふれてくるのであった。

　明子《あきこ》は*つとにフランス語《ご》と舞踏《ぶとう》との教育《きょういく》を受《う》けていた。が、正式《せいしき》の舞踏会《ぶとうかい》に臨《のぞ》むのは、今夜《こんや》がまだ生《う》まれてはじめてであった。だから彼女《かのじょ》は馬車《ばしゃ》の中《なか》でも、折々話《おりおりはな》しかける父《ちち》親《おや》に、上《うわ》の空《そら》の返事《へんじ》ばかり与《あた》えていた。それほど彼女《かのじょ》の胸《むね》の中《なか》には、愉快《ゆかい》なる不安《ふあん》とでも形容《けいよう》すべき、一種《いっしゅ》の落《お》ち着《つ》かない心《こころ》もちが根《ね》を張《は》っていたのであった。彼女《かのじょ》は馬車《ばしゃ》が鹿鳴館《ろくめいかん》の前《まえ》に止《と》まるまで、何度《なんど》いら立《だ》たしい眼《め》を上《あ》げて、窓《まど》の外《そと》に流《なが》れていく東京《とうきょう》の町《まち》の乏《とぼ》しいともし火《び》を、見《み》つめたことだかしれなかった。

　が、鹿鳴館《ろくめいかん》の中《なか》へはいると、まもなく彼女《かのじょ》はその不安《ふあん》を忘《わす》れるような事件《じけん》に遭遇《そうぐう》した。というは階段《かいだん》のちょうど中《なか》ほどまで来《き》かかった時《とき》、二人《ふたり》は一足先《ひとあしさき》に上《のぼ》っていく*支那《シナ》の大官《たいかん》に追《お》いついた。すると大官《たいかん》は肥満《ひまん》した体《からだ》を開《ひら》いて、二人《ふたり》を先《さき》へ通《とお》らせながら、あきれたような視線《しせん》を明子《あきこ》へ投《な》げた。ういういしい薔薇色《ばらいろ》の舞踏服《ぶとうふく》、品《ひん》よく首《くび》へかけた水色《みずいろ》のリボン、それから濃《こ》い髪《かみ》に匂《にお》っているたった一輪《いちりん》の薔薇《ばら》の花《はな》——実際《じっさい》その夜《よる》の明子《あきこ》のすがたは、この長《なが》い*べん髪《ぱつ》を垂《た》れた支那《シナ》の大官《たいかん》の眼《め》を驚《おどろ》かすべく、開化《かいか》の日本《にほん》の少女《しょうじょ》の美《び》を遺憾《いかん》なくそなえていたのであった。

　と思《おも》うとまた階段《かいだん》を急《いそ》ぎ足《あし》に下《お》りてきた、若《わか》い燕尾服《えんびふく》の日本人《にほんじん》も、途中《とちゅう》で二人《ふたり》にすれ違《ちが》いながら、反射的《はんしゃてき》にちょいと振《ふ》り返《かえ》って、やはりあきれたような一《いち》べつを明子《あきこ》の後《うし》ろすがたにあびせかけた。それからなぜか思《おも》いついたように、白《しろ》いネクタイへ手《て》をやってみて、また菊《きく》の中《なか》を忙《いそが》しく玄関《げんかん》の方《ほう》へ下《お》りていった。

つとに
以前《いぜん》から。

支那《シナ》
昔《むかし》の中国《ちゅうごく》の呼《よ》び方《かた》のひとつ。

べん髪《ぱつ》
髪《かみ》の周囲《しゅうい》を剃《そ》り、残《のこ》った髪《かみ》を編《あ》んで後《うし》ろに垂《た》らした中《ちゅう》国《ごく》などで行《おこな》われた髪型《かみがた》。

二人《ふたり》が階段《かいだん》を上《のぼ》りきると、二階《にかい》の舞踏室《ぶとうしつ》の入口《いりぐち》には、半白《はんぱく》の頬《ほお》ひげを蓄《たくわ》えた主人役《しゅじんやく》の伯爵《はくしゃく》が、胸間《きょうかん》にいくつかの勲章《くんしょう》を帯《お》びて、ルイ十五世式《せいしき》の装《よそお》いを凝《こ》らした年上《としうえ》の伯爵夫人《はくしゃくふじん》といっしょに、大様《おおよう》に客《きゃく》を迎《むか》えていた。明子《あきこ》はこの伯爵《はくしゃく》でさえ、彼女《かのじょ》のすがたを見《み》た時《とき》には、その*老《ろう》かいらしい顔《かお》のどこかに、一瞬《いっしゅん》、無邪気《むじゃき》な驚嘆《きょうたん》の色《いろ》が去来《きょらい》したのを見《み》のがさなかった。人《ひと》のいい明子《あきこ》の父親《ちちおや》は、嬉《うれ》しそうな微笑《びしょう》を浮《う》かべながら、伯爵《はくしゃく》とその夫人《ふじん》とへ手短《てみじか》に娘《むすめ》を紹介《しょうかい》した。彼女《かのじょ》は羞恥《しゅうち》と得意《とくい》とをかわるがわる味《あじ》わった。が、その暇《ひま》にも権高《けんだか》な伯爵夫人《はくしゃくふじん》の顔《かお》だちに、一点下品《いってんげひん》な気《け》があるのを感《かん》づくだけの余裕《よゆう》があった。

舞踏室《ぶとうしつ》の中《なか》にもいたるところに、菊《きく》の花《はな》が美《うつく》しく咲《さ》き乱《みだ》れていた。そうしてまた、いたるところに、相手《あいて》を待《ま》っている婦人《ふじん》たちのレースや花《はな》や象牙《ぞうげ》の扇《おうぎ》が、さわやかな香水《こうすい》の匂《にお》いの中《なか》に、音《おと》のない波《なみ》のごとく動《うご》いていた。明子《あきこ》はすぐに父親《ちちおや》とわかれて、そのきらびやかな婦人《ふじん》たちのある一団《いちだん》といっしょになった。それはみな同《おな》じような水色《みずいろ》や薔薇《ばら》色《いろ》の舞踏服《ぶとうふく》を着《き》た、同年輩《どうねんぱい》らしい少女《しょうじょ》であった。彼《かれ》らは彼女《かのじょ》を迎《むか》えると、小鳥《ことり》のようにさざめきたって、口々《くちぐち》に今夜《こんや》の彼女《かのじょ》のすがたが美《うつく》しいことをほめたてたりした。

が、彼女《かのじょ》がその仲間《なかま》へはいるやいなや、見知《みし》らないフランスの海軍将校《かいぐんしょうこう》が、どこからか静《しず》かに歩《あゆ》み寄《よ》った。そうして両腕《りょううで》をたれたまま、ていねいに日本風《にほんふう》の会釈《えしゃく》をした。明《あき》子《こ》はかすかながら血《ち》の色《いろ》が、頬《ほお》にのぼってくるのを意識《いしき》した。しかしその会釈《えしゃく》が何《なに》を意《い》味《み》するかは、問《と》うまでもなく明《あき》らかだった。だから彼女《かのじょ》は手《て》にしていた扇《おうぎ》を預《あず》かってもらうべく、隣《となり》に立《た》っている水色《みずいろ》の舞踏服《ぶとうふく》の令嬢《れいじょう》をふり返《かえ》った。と同時《どうじ》に意外《いがい》にも、その

老《ろう》かい　経験《けいけん》を積《つ》んでいて、悪賢《わるがしこ》いこと。

フランスの海軍将校《かいぐんしょうこう》は、ちらりと頬《ほお》に微笑《びしょう》の影《かげ》を浮《う》かべながら、異様《いよう》な*アクサンを帯《お》びた日本語《にほんご》で、はっきりと彼女《かのじょ》にこう言《い》った。

「いっしょに踊《おど》ってはくださいませんか。」

まもなく明子《あきこ》は、そのフランスの海軍将校《かいぐんしょうこう》と、「美《うつく》しく青《あお》きダニウブ」の*ヴァルスを踊《おど》っていた。相手《あいて》の将校《しょうこう》は、頬《ほお》の日《ひ》に焼《や》けた、眼鼻立《めはなだ》ちのあざやかな、濃《こ》い口《くち》ひげのある男《おとこ》であった。彼女《かのじょ》はその相手《あいて》の軍服《ぐんぷく》の左《ひだり》の肩《かた》に、長《なが》い手袋《てぶくろ》をはめた手《て》を預《あず》くべく、あまりに背《せい》が低《ひく》かった。が、場《ば》なれている海軍将校《かいぐんしょうこう》は、たくみに彼女《かのじょ》をあしらって、軽々《かるがる》と群集《ぐんしゅう》の中《なか》を舞《ま》い歩《ある》いた。そうして時々彼女《ときどきかのじょ》の耳《みみ》に、愛想《あいそ》のいいフランス語《ご》のお世辞《せじ》さえもささやいた。

彼女《かのじょ》はその優《やさ》しい言葉《ことば》に、はずかしそうな微笑《びしょう》をむくいながら、時々彼《ときどきかれ》らが踊《おど》っている舞踏室《ぶとうしつ》の周囲《しゅうい》へ眼《め》を投《な》げた。皇室《こうしつ》のご紋章《もんしょう》を染《そ》め抜《ぬ》いた紫《むらさき》ちりめんのまん幕《まく》や、爪《つめ》を張《は》った蒼竜《そうりゅう》が身《み》をうねらせている支那《シナ》の国旗《こっき》の下《した》には、花瓶々々《かびんかびん》の菊《きく》の花《はな》が、あるいは軽快《けいかい》な銀色《ぎんいろ》を、あるいは陰《いん》うつな金色《きんいろ》を、人波《ひとなみ》の間《あいだ》にちらつかせていた。しかもその人《ひと》波《なみ》は、*シャンパアニュのようにわき立《た》ってくる、花々《はなばな》しいドイツ管絃楽《かんげんがく》の旋律《せんりつ》の風《かぜ》にあおられて、しばらくも目《め》まぐるしい動揺《どうよう》をやめなかった。

明子《あきこ》はやはり踊《おど》っている友達《ともだち》の一人《ひとり》と眼《め》を合《あ》わすと、互《たが》いに愉快《ゆかい》そうなうなずきをせわしい中《なか》に送《おく》り合《あ》った。が、その瞬間《しゅんかん》には、もう違《ちが》った踊《おど》り手《て》が、まるで大《おお》きな蛾《が》が狂《くる》

アクサン
アクセント。話《はな》し方《かた》の調子《ちょうし》。

ヴァルス
ワルツ。円舞曲《えんぶきょく》。

シャンパアニュ
シャンパン。炭酸《たんさん》ガス入《い》りの白《しろ》ぶどう酒《しゅ》。

うように、どこからかそこへ現《あらわ》れていた。

しかし明子《あきこ》はその間《あいだ》にも、相手《あいて》のフランスの海軍将校《かいぐんしょうこう》の眼《め》が、彼女《かのじょ》の一挙一動《いっきょいちどう》に注意《ちゅうい》しているのを知《し》っていた。それはまったくこの日本《にほん》に慣《な》れない外国人《がいこくじん》が、いかに彼女《かのじょ》の快活《かいかつ》な舞踏《ぶとう》ぶりに、興味《きょうみ》があったかを語《かた》るものであった。こんな美《うつく》しい令嬢《れいじょう》も、やはり紙《かみ》と竹《たけ》との家《いえ》の中《なか》に、人形《にんぎょう》のごとく住《す》んでいるのであろうか。そうして細《ほそ》い金属《きんぞく》の箸《はし》で、青《あお》い花《はな》の描《か》いてある手《て》のひらほどの茶碗《ちゃわん》から、米粒《こめつぶ》をはさんで食《た》べているのであろうか。——彼《かれ》の眼《め》の中《なか》にはこういう疑問《ぎもん》が、何度《なんど》も人懐《ひとなつ》かしい微笑《びしょう》とともに往来《おうらい》するようであった。明子《あきこ》にはそれがおかしくもあれば、同時《どうじ》にまた誇《ほこ》らしくもあった。だから彼女《かのじょ》の華奢《きゃしゃ》な薔薇色《ばらいろ》の踊《おど》り靴《ぐつ》は、ものめずらしそうな相手《あいて》の視線《しせん》が折々足《おりおりあし》もとへ落《お》ちるたびに、いっそう身軽《みがる》くなめらかな床《ゆか》の上《うえ》をすべっていくのであった。

が、やがて相手《あいて》の将校《しょうこう》は、この子猫《こねこ》のような令嬢《れいじょう》の疲《つか》れたらしいのに気《き》がついたとみえて、いたわるように顔《かお》をのぞきこみながら、

「もっと続《つづ》けて踊《おど》りましょうか。」

「ノン・メルシイ。」*

明子《あきこ》は息《いき》をはずませながら、今度《こんど》ははっきりとこう答《こた》えた。

するとそのフランスの海軍将校《かいぐんしょうこう》は、まだヴァルスの歩《あゆ》みを続《つづ》けながら、前後左右《ぜんごさゆう》に動《うご》いているレースや花《はな》の波《なみ》を縫《ぬ》って、壁《かべ》ぎわの花瓶《かびん》の菊《きく》の方《ほう》へ、悠々《ゆうゆう》と彼女《かのじょ》をつれていった。そうして最後《さいご》の一回転《いっかいてん》の後《のち》、そこにあった椅子《いす》の上《うえ》へ、あざやかに彼女《かのじょ》を掛《か》けさせ

ノン・メルシイ（フランス語《ご》で）いいえ、結構《けっこう》です。

ると、自分《じぶん》はいったん軍服《ぐんぷく》の胸《むね》を張《は》って、それからまた前《まえ》のようにうやうやしく日本風《にほんふう》の会釈《えしゃく》をした。

その後《あと》また*ポルカやマズュルカを踊《おど》ってから、明子《あきこ》はこのフランスの海軍将校《かいぐんしょうこう》と腕《うで》を組《く》んで、白《しろ》と黄《き》とうす紅《べに》と三重《みえ》の菊《きく》のまがきの間《あいだ》を、階下《かいか》の広《ひろ》い部屋《へや》へ下《お》りていった。

ここには燕尾服《えんびふく》や白《しろ》い肩《かた》が*しっきりなく去来《きょらい》する中《なか》に、銀《ぎん》やガラスの食器類《しょっきるい》におおわれたいくつかの食卓《しょくたく》が、あるいは肉《にく》と*松露《しょうろ》との山《やま》を盛《も》り上《あ》げたり、あるいはサンドウィッチとアイスクリームとの塔《とう》をそばだてたり、あるいはまたざくろといちじくとの三角塔《さんかくとう》を築《きず》いたりしていた。ことに菊《きく》の花《はな》がうずめ残《のこ》した、部屋《へや》の一方《いっぽう》の壁上《かべじょう》には、たくみな人工《じんこう》のぶどうづるが青々《あおあお》とからみついている、美《うつく》しい金色《きんいろ》の格子《こうし》があった。そうしてそのぶどうの葉《は》の間《あいだ》には、蜂《はち》の巣《す》のようなぶどうの房《ふさ》が、るいるいと紫《むらさき》に下《さ》がっていた。

明子《あきこ》はその金色《きんいろ》の格子《こうし》の前《まえ》に、頭《あたま》のはげた彼女《かのじょ》の父親《ちちおや》が、同年輩《どうねんぱい》の紳士《しんし》と並《なら》んで、葉巻《はまき》をくわえているのにあった。父親《ちちおや》は明子《あきこ》のすがたを見《み》ると、満足《まんぞく》そうにちょいとうなずいたが、それきり連《つ》れの方《ほう》を向《む》いて、また葉巻《はまき》をくゆらせはじめた。

フランスの海軍将校《かいぐんしょうこう》は、明子《あきこ》と食卓《しょくたく》の一《ひと》つへ行《い》って、いっしょにアイスクリームのさじを取《と》った。彼女《かのじょ》はその間《あいだ》も相手《あいて》の眼《め》が、折々《おりおり》彼女《かのじょ》の手《て》や髪《かみ》や水色《みずいろ》のリボンを掛《か》けた首《くび》へ注《そそ》がれているのに気《き》がついた。それはもちろん彼女《かのじょ》にとって、不快《ふかい》なことでも何《なん》でもなかった。が、ある*刹那《せつな》には女《おんな》らしい疑《うたが》いもひらめかずにはいられなかった。そこで黒《くろ》

ポルカやマズュルカ
ともに軽快《けいかい》なリズムの舞曲《ぶきょく》。

しっきりなく
ひっきりなくの意《い》味《み》。

松露《しょうろ》
食用《しょくよう》きのこの一種《いっしゅ》。

刹那《せつな》
極《きわ》めて短《みじか》い時間《じかん》。瞬間《しゅんかん》。

いビロードの胸《むね》に赤《あか》い椿《つばき》の花《はな》をつけた、ドイツ人《じん》らしい若《わか》い女《おんな》が二人《ふたり》のそばを通《とお》った時《とき》、彼女《かのじょ》はこの疑《うたが》いをほのめかせるために、こういう感嘆《かんたん》の言葉《ことば》を発明《はつめい》した。

「西洋《せいよう》の女《おんな》の方《かた》はほんとうにお美《うつく》しゅうございますこと。」

海軍将校《かいぐんしょうこう》はこの言葉《ことば》を聞《き》くと、思《おも》いのほか真面目《まじめ》に首《くび》を振《ふ》った。

「日本《にほん》の女《おんな》の方《かた》も美《うつく》しいです。ことにあなたなぞは――」

「そんなことはございませんわ。」

「いえ、お世辞《せじ》ではありません。そのまますぐにパリの舞踏会《ぶとうかい》へも出《で》られます。そうしたら皆《みんな》が驚《おどろ》くでしょう。*ワットオの画《え》の中《なか》のお姫《ひめ》さまのようですから。」

明子《あきこ》はワットオを知《し》らなかった。だから海軍将校《かいぐんしょうこう》の言葉《ことば》が呼《よ》び起《お》こした、美《うつく》しい過去《かこ》の幻《まぼろし》も、――ほの暗《ぐら》い森《もり》の噴水《ふんすい》とすがれていく薔薇《ばら》との幻《まぼろし》も、一瞬《いっしゅん》ののちにはなごりなく消《き》え失《う》せてしまわなければならなかった。が、人一倍《ひといちばい》感《かん》じの鋭《するど》い彼女《かのじょ》は、アイスクリームのさじを動《うご》かしながら、わずかにもう一《ひと》つ残《のこ》っている話題《わだい》にすがることを忘《わす》れなかった。

「私《わたし》もパリの舞踏会《ぶとうかい》へ参《まい》ってみとうございますわ。」

「いえ、パリの舞踏会《ぶとうかい》もまったくこれと同《おな》じことです。」

海軍将校《かいぐんしょうこう》はこう言《い》いながら、二人《ふたり》の食卓《しょくたく》をめぐっている人波《ひとなみ》と菊《きく》の花《はな》とを見回《みまわ》したが、たちまち皮肉《ひにく》な微笑《びしょう》の波《なみ》が瞳《ひとみ》の底《そこ》に動《うご》いたと思《おも》うと、アイスクリームのさじをやめて、

「パリばかりではありません。舞踏会《ぶとうかい》はどこでも同《おな》じことです。」

ワットオ
フランスの画家《がか》。

となかばひとりごとのようにつけ加《くわ》えた。

一時間《いちじかん》ののち、明子《あきこ》とフランスの海軍将校《かいぐんしょうこう》とは、やはり腕《うで》を組《く》んだまま、大勢《おおぜい》の日本人《にほんじん》や外国人《がいこくじん》といっしょに、舞踏室《ぶとうしつ》の外《そと》にある星月夜《ほしづきよ》の*露台《ろだい》にたたずんでいた。

*欄干《らんかん》一《ひと》つ隔《へだ》てた露台《ろだい》の向《む》こうには、広《ひろ》い庭園《ていえん》をうずめた針葉樹《しんようじゅ》が、ひっそりと枝《えだ》を交《か》わし合《あ》って、その梢《こずえ》に点々《てんてん》とほおずき提灯《ちょうちん》の火《ひ》を透《す》かしていた。しかも冷《ひ》ややかな空気《くうき》の底《そこ》には、下《した》の庭園《ていえん》からのぼってくる苔《こけ》のにおいや落《お》ち葉《ば》のにおいが、かすかに寂《さび》しい秋《あき》の呼吸《こきゅう》を漂《ただよ》わせているようであった。が、すぐ後《うし》ろの舞踏室《ぶとうしつ》では、やはりレースや花《はな》の波《なみ》が、*十六菊《ぎく》を染《そ》め抜《ぬ》いた紫《むらさき》ちりめんの幕《まく》の下《した》に、休《やす》みない動揺《どうよう》を続《つづ》けていた。そうしてまた調子《ちょうし》の高《たか》い管絃楽《かんげんがく》のつむじ風《かぜ》が、あいかわらずその人間《にんげん》の海《うみ》の上《うえ》へ、ようしゃもなくむちを加《くわ》えていた。

もちろんこの露台《ろだい》の上《うえ》からも、絶《た》えずにぎやかな話《はな》し声《ごえ》や笑《わら》い声《ごえ》が夜気《やき》をゆすっていた。まして暗《くら》い針葉樹《しんようじゅ》の空《そら》に美《うつく》しい花火《はなび》が上《あ》がる時《とき》には、ほとんど人《ひと》どよめきにも近《ちか》い音《おと》が、一同《いちどう》の口《くち》からもれたこともあった。その中《なか》に交《ま》じって立《た》っていた明子《あきこ》も、そこにいた懇意《こんい》の令嬢《れいじょう》たちとは、さっきから気軽《きがる》な雑談《ざつだん》を交換《こうかん》していた。が、やがて気《き》がついてみると、あのフランスの海軍将校《かいぐんしょうこう》は、明子《あきこ》に腕《うで》をかしたまま、庭園《ていえん》の上《うえ》の星月夜《ほしづきよ》へ黙然《もくねん》と眼《め》を注《そそ》いでいた。彼女《かのじょ》にはそれが何《なん》となく、郷愁《きょうしゅう》でも感《かん》じているように見《み》えた。そこで明子《あきこ》は彼《かれ》の顔《かお》をそっと下《した》からのぞきこんで、

露台《ろだい》 バルコニー。テラス。

欄干《らんかん》 バルコニーのてすり。

十六菊《ぎく》 皇室《こうしつ》の紋章《もんしょう》。

「お国《くに》のことを思《おも》っていらっしゃるのでしょう。」

となかば甘《あま》えるようにたずねてみた。

すると海軍将校《かいぐんしょうこう》はあいかわらず微笑《びしょう》を含《ふく》んだ眼《め》で、静《しず》かに明子《あきこ》の方《ほう》へ振《ふ》り返《かえ》った。そうして「ノン」と答《こた》える代《か》わりに、子供《こども》のように首《くび》を振《ふ》ってみせた。

「でも何《なに》か考《かんが》えていらっしゃるようでございますわ。」

「なんだか当《あ》ててごらんなさい。」

その時《とき》、露台《ろだい》に集《あつ》まっていた人々《ひとびと》の間《あいだ》には、またひとしきり風《かぜ》のようなざわめく音《おと》が起《お》こり出《だ》した。明子《あきこ》と海軍将校《かいぐんしょうこう》とは言《い》い合《あ》わせたように話《はなし》をやめて、庭園《ていえん》の針葉樹《しんようじゅ》を圧《あっ》している夜空《よぞら》の方《ほう》へ眼《め》をやった。

そこにはちょうど赤《あか》と青《あお》との花火《はなび》が、蜘蛛手《くもで》にやみを弾《はじ》きながら、まさに消《き》えようとするところであった。明子《あきこ》にはなぜかその花火《はなび》が、ほとんど悲《かな》しい気《き》を起《お》こさせるほど、それほど美《うつく》しく思《おも》われた。

「私《わたくし》は花火《はなび》のことを考《かんが》えていたのです。われわれの生《ヴィ》*のような花火《はなび》のことを。」

しばらくしてフランスの海軍将校《かいぐんしょうこう》は、優《やさ》しく明子《あきこ》の顔《かお》を見下《みお》ろしながら、教《おし》えるような調子《ちょうし》でこう言《い》った。

生《ヴィ》　（フランス語《ご》で）人生《じんせい》。生《せい》。

二

大正七年《たいしょうしちねん》の秋《あき》であった。当年《とうねん》の明子《あきこ》は鎌倉《かまくら》の別荘《べっそう》へおもむく途中《とちゅう》、一面識《いちめんしき》のある青年《せいねん》の小説家《しょうせつか》と、偶然《ぐうぜん》汽車《きしゃ》の中《なか》でいっしょになった。

青年《せいねん》はその時網棚《ときあみだな》の上《うえ》に、鎌倉《かまくら》の知人《ちじん》へ贈《おく》るべき菊《きく》の花束《はなたば》をのせておいた。すると当《とう》年《ねん》の明子《あきこ》――今《いま》のH老夫人《エイチろうふじん》は、菊《きく》の花《はな》を見《み》るたびに思《おも》い出《だ》す話《はなし》があると言《い》って、詳《くわ》しく彼《かれ》に鹿鳴館《ろくめいかん》の舞踏会《ぶとうかい》の思《おも》い出《で》を話《はな》して聞《き》かせた。青年《せいねん》はこの人自身《ひとじしん》の口《くち》からこういう思《おも》い出《で》を聞《き》くことに、多大《ただい》の興味《きょうみ》を感《かん》ぜずにはいられなかった。

その話《はなし》が終《お》わった時《とき》、青年《せいねん》はH老夫人《エイチろうふじん》に何気《なにげ》なくこういう質問《しつもん》をした。

「奥様《おくさま》はそのフランスの海軍将校《かいぐんしょうこう》の名《な》をご存知《ぞんじ》ではございませんか。」

するとH老夫人《エイチろうふじん》は思《おも》いがけない返事《へんじ》をした。

「存《ぞん》じておりますとも。*ジュリアン・ヴィオとおっしゃる方《かた》でございました。」

「ではロティだったのでございますね。あの『お菊夫人《きくふじん》』を書《か》いたピエール・ロティだったのでございますね。」

青年《せいねん》は愉快《ゆかい》な興奮《こうふん》を感《かん》じた。が、H老夫人《エイチろうふじん》は不思議《ふしぎ》そうに青年《せいねん》の顔《かお》を見《み》ながら何度《なんど》もこうつぶやくばかりであった。

「いえ、ロティとおっしゃる方《かた》ではございませんよ。ジュリアン・ヴィオとおっしゃる方《かた》でございますよ。」

ジュリアン・ヴィオ フランスの作家《さっか》ピエール・ロティの本名《ほんみょう》。

白《しろ》

一

　ある春《はる》の昼過《ひるす》ぎです。白《しろ》という犬《いぬ》は土《つち》をかぎかぎ、しずかな往来《おうらい》を歩《ある》いていました。せまい往来《おうらい》の両側《りょうがわ》にはずっと芽《め》をふいた生《い》け垣《がき》が続《つづ》き、そのまた生《い》け垣《がき》の間《あいだ》にはちらほらさくらなどもさいています。白《しろ》は生《い》け垣《がき》にそいながら、ふとある横町《よこちょう》へまがりました。が、そちらへまがったと思《おも》うと、さもびっくりしたように、突然《とつぜん》立《た》ち止《ど》まってしまいました。

　それもむりはありません。その横町《よこちょう》の*七《しち》、八間先《はちけんさき》には印《しるし》ばんてんを着《き》た犬殺《いぬころ》しが一人《ひとり》、わなをうしろに隠《かく》したまま、一匹《いっぴき》の黒犬《くろいぬ》をねらっているのです。しかも黒犬《くろいぬ》はなにも知《し》

七《しち》、八間《はちけん》　十三から十四メートル。

らずに、犬殺《いぬころ》しの投《な》げてくれたパンかなにかを食《た》べているのです。けれども白《しろ》が驚《おどろ》いたのは、そのせいばかりではありません。見知《みし》らぬ犬《いぬ》ならばともかくも、今犬殺《いまいぬころ》しにねらわれているのは、おとなりのかい犬《いぬ》の黒《くろ》なのです。毎朝顔《まいあさかお》をあわせる度《たび》におたがいの鼻《はな》のにおいをかぎあう、大《だい》のなかよしの黒《くろ》なのです。

白《しろ》は思《おも》わず大声《おおごえ》に「黒君《くろくん》！　あぶない！」と叫《さけ》ぼうとしました。が、そのひょうしに犬殺《いぬころ》しはじろりと白《しろ》へ目《め》をやりました。

「教《おし》えてみろ！　きさまから先《さき》へわなにかけるぞ。」――犬殺《いぬころ》しの目《め》には、ありありとそういうおどかしがうかんでいます。白《しろ》はあまりの恐《おそ》ろしさに、思《おも》わずほえるのを忘《わす》れました。いや、忘《わす》れたばかりではありません。いっこくもじっとしてはいられぬほど、おくびょう風《かぜ》がたち出《だ》したのです。

白《しろ》は犬殺《いぬころ》しに目《め》を配《くば》りながら、じりじり後《あと》ずさりをはじめました。そうしてまた生《い》け垣《がき》のかげに犬殺《いぬころ》しのすがたがかくれるが早《はや》いか、かわいそうな黒《くろ》を残《のこ》したまま、いちもくさんに逃《に》げ出《だ》しました。

そのとたんにわなが飛《と》んだのでしょう。続《つづ》けさまにけたたましい黒《くろ》の鳴《な》き声《ごえ》が聞《き》こえました。しかし白《しろ》は引《ひ》き返《かえ》すどころか、足《あし》を止《と》めるけしきもありません。ぬかるみを飛《と》び越《こ》え、石《いし》ころをけちらし、往来《おうらい》どめのなわをすりぬけ、ごみための箱《はこ》をひっくり返《かえ》し、ふりむきもせずに逃《に》げ続《つづ》けました。ごらんなさい。坂《さか》をかけ下《お》りるのを！

そら、自動車《じどうしゃ》にひかれそうになりました！　白《しろ》はもう命《いのち》の助《たす》かりたさに夢中《むちゅう》になっているのかもしれません。いや、白《しろ》の耳《みみ》の底《そこ》にはいまだに黒《くろ》の鳴《な》き声《ごえ》が虻《あぶ》のようにうなっているのです。

「きゃあん。きゃあん。助《たす》けてくれえ！　きゃあん。きゃあん。助《たす》けてくれえ！」

二

白《しろ》はやっとあえぎあえぎ、主人《しゅじん》の家《いえ》へ帰《かえ》ってきました。黒《くろ》べいの下《した》の犬《いぬ》くぐりをぬけ、物置小屋《ものおきごや》を回《まわ》りさえすれば、犬小屋《いぬごや》のあるうら庭《にわ》です。白《しろ》はほとんど風《かぜ》のように、うら庭《にわ》の芝生《しばふ》へかけこみました。もうここまで逃《に》げてくれば、わなにかかる心配《しんぱい》はありません。おまけに青《あお》あおした芝生《しばふ》には、さいわいおじょうさんやぼっちゃんもボール投《な》げをして遊《あそ》んでいます。それを見《み》た白《しろ》のうれしさはなんと言《い》えばいいのでしょう？　白《しろ》はしっぽをふりながら、一足飛《いっそくと》びにそこへ飛《と》んでいきました。

「おじょうさん！　ぼっちゃん！　今日《きょう》は犬殺《いぬころ》しにあいましたよ。」

白《しろ》は二人《ふたり》を見上《みあ》げると、息《いき》もつかずにこう言《い》いました。（もっともおじょうさんやぼっちゃんには犬《いぬ》の言葉《ことば》はわかりませんから、わんわんと聞《き》こえるだけなのです。）しかし今日《きょう》はどうしたのか、おじょうさんもぼっちゃんもただあっけにとられたように、頭《あたま》さえなでてはくれません。白《しろ》はふしぎに思《おも》いながら、もう一度《いちど》二人《ふたり》に話《はな》しかけました。

「おじょうさん！　あなたは犬殺《いぬころ》しをごぞんじですか？　それは恐《おそ》ろしいやつですよ。

ぼっちゃん！　わたしは助《たす》かりましたが、おとなりの黒君《くろくん》はつかまりましたぜ。」

それでもおじょうさんやぼっちゃんは顔《かお》を見《み》あわせているばかりです。おまけに二人《ふたり》はしばらくすると、こんな妙《みょう》なことさえ言《い》い出《だ》すのです。

「どこの犬《いぬ》でしょう？　春夫《はるお》さん。」

「どこの犬《いぬ》だろう？　姉《ねえ》さん。」

どこの犬《いぬ》？　今度《こんど》は白《しろ》のほうがあっけにとられました。（白《しろ》にはおじょうさんやぼっちゃんの言葉《ことば》もちゃんと聞《き》きわけることができるのです。われわれは犬《いぬ》の言葉《ことば》がわからないものですから、犬《いぬ》もやはりわれわれの言葉《ことば》はわからないように考《かんが》えていますが、実際《じっさい》はそうではありません。犬《いぬ》が芸《げい》をおぼえるのはわれわれの言葉《ことば》がわかるからです。しかしわれわれは犬《いぬ》の言葉《ことば》を聞《き》きわけることができませんから、やみの中《なか》を見《み》とおすことだの、かすかなにおいをかぎあてることだの、犬《いぬ》のおしえてくれる芸《げい》は一《ひと》つもおぼえることができません。）

「どこの犬《いぬ》とはどうしたのです？　わたしですよ！　白《しろ》ですよ！」

けれどもおじょうさんは、あいかわらず気味悪《きみわる》そうに白《しろ》をながめています。

「おとなりの黒《くろ》の兄弟《きょうだい》かしら？」

「黒《くろ》の兄弟《きょうだい》かもしれないね。」ぼっちゃんもバットをおもちゃにしながら、考《かんが》え深《ぶか》そうに答《こた》えました。「こいつも体《からだ》じゅうまっ黒《くろ》だから。」

白《しろ》は急《きゅう》に背中《せなか》の毛《け》が逆立《さかだ》つように感《かん》じました。まっ黒《くろ》！　そんなはずはありません。

白《しろ》はまだ子犬《こいぬ》のときから、牛乳《ぎゅうにゅう》のように白《しろ》かったのですから。しかし今前足《いままえあし》を見《み》ると、いや、――前足《まえあし》ばかりではありません。胸《むね》も、腹《はら》も、後足《あとあし》も、すらりと上品《じょうひん》にのびたしっぽも、みんなな べ底《ぞこ》のようにまっ黒《くろ》なのです。まっ黒《くろ》！　まっ黒《くろ》！　白《しろ》は気《き》でも違《ちが》ったように、飛《と》び上《あ》がったり、はねまわったりしながら、いっしょうけんめいにほえたてました。

「あら、どうしましょう？　春夫《はるお》さん。この犬《いぬ》はきっと狂犬《きょうけん》だわよ。」

おじょうさんはそこに立《た》ちすくんだなり、今《いま》にもなきそうな声《こえ》を出《だ》しました。しかしぼっちゃんはゆうかんです。白《しろ》はたちまち左《ひだり》の肩《かた》をぽかりとバットに打《う》たれました。と思《おも》うと二度《にど》めのバットも頭《あたま》の上《うえ》へ飛《と》んできます。白《しろ》はその下《した》をくぐるが早《はや》いか、もときた方《ほう》へ逃《に》げ出《だ》しました。けれども今度《こんど》はさっきのように、＊一町《いっちょう》も二町《にちょう》も逃《に》げ出《だ》しはしません。芝生《しばふ》のはずれにはしゅろの木《き》のかげに、クリーム色《いろ》にぬった犬小屋《いぬごや》があります。白《しろ》は犬小屋《いぬごや》の前《まえ》へくると、小《ち》さい主人《しゅじん》たちをふり返《かえ》りました。

「おじょうさん！　ぼっちゃん！　わたしはあの白《しろ》なのですよ。いくらまっ黒《くろ》になっていても、やっぱりあの白《しろ》なのですよ。」

白《しろ》の声《こえ》は、なんともいわれぬ悲《かな》しさと怒《いか》りとにふるえていました。けれどもおじょうさんやぼっちゃんには、そういう白《しろ》の心《こころ》もちものみこめるはずはありません。現《げん》におじょうさんは憎《にく》らしそうに、

「まだあすこにほえているわ。ほんとうにずうずうしいのら犬《いぬ》ね。」

一町《いっちょう》
約《やく》百九メートル。

などと、地《じ》だんだをふんでいるのです。ぼっちゃんも、――ぼっちゃんは小道《こみち》のじゃりを拾《ひろ》うと、力《ちから》いっぱい白《しろ》へ投《な》げつけました。

「畜生《ちくしょう》！　まだぐずぐずしているな。これでもか？　これでもか？」

じゃりは続《つづ》けさまに飛《と》んできました。中《なか》には白《しろ》の耳《みみ》のつけ根《ね》へ、血《ち》のにじむくらい当《あ》たったのもあります。白《しろ》はとうとうしっぽをまき、黒《くろ》べいの外《そと》へぬけ出《だ》しました。黒《くろ》べいの外《そと》には春《はる》の日《ひ》の光《ひかり》に銀《ぎん》の粉《こな》をあびたもんしろちょうが一羽《いちわ》、気楽《きらく》そうにひらひら飛《と》んでいます。

「ああ、今日《きょう》から宿《やど》なし犬《いぬ》になるのか？」

白《しろ》はため息《いき》をもらしたまま、しばらくはただ電柱《でんちゅう》の下《した》にぼんやり空《そら》をながめていました。

三

おじょうさんやぼっちゃんに追《お》い出《だ》された白《しろ》は東京《とうきょう》じゅうをうろうろ歩《ある》きました。しかしどこへどうしても、忘《わす》れることのできないのはまっ黒《くろ》になったすがたのことです。白《しろ》は客《きゃく》の顔《かお》を映《うつ》している理髪店《りはつてん》の鏡《かがみ》を恐《おそ》れました。雨《あま》あがりの空《そら》を映《うつ》している往来《おうらい》の水《みず》たまりを恐《おそ》れました。往来《おうらい》の若葉《わかば》を映《うつ》しているかざり窓《まど》のガラスを恐《おそ》れました。いや、*カフェのテーブルに黒《くろ》ビールをたたえているコップさえ、

カフェ
現在《げんざい》の喫茶店《きっさてん》やバーなどの西洋風《せいようふう》の飲食店《いんしょくてん》。

——けれどもそれがなんになりましょう？　あの自動車《じどうしゃ》をごらんなさい。ええ、あの公園《こうえん》の外《そと》にとまった、大《おお》きい黒《くろ》ぬりの自動車《じどうしゃ》です。うるしを光《ひか》らせた自動車《じどうしゃ》の車体《しゃたい》は、今《いま》こちらへ歩《ある》いてくる白《しろ》のすがたを映《うつ》しました。——はっきりと、鏡《かがみ》のように。白《しろ》のすがたを映《うつ》すものはあの客待《きゃくま》ちの自動車《じどうしゃ》のように、いたるところにあるわけなのです。もしあれを見《み》たとすれば、どんなに白《しろ》は恐《おそ》れるでしょう。それ、白《しろ》の顔《かお》をごらんなさい。白《しろ》は苦《くる》しそうにうなったと思《おも》うと、たちまち公園《こうえん》の中《なか》へかけこみました。

公園《こうえん》の中《なか》にはすずかけの若葉《わかば》にかすかな風《かぜ》がわたっています。白《しろ》は頭《こうべ》をたれたなり、木々《きぎ》の間《あいだ》を歩《ある》いていきました。ここにはさいわい池《いけ》のほかには、

すがたを映《うつ》すものも見《み》あたりません。物音《ものおと》はただ白《しろ》ばらにむらがるはちの声《こえ》が聞《き》こえるばかりです。白《しろ》は平和《へいわ》な公園《こうえん》の空気《くうき》に、しばらくはみにくい黒犬《くろいぬ》になった日《ひ》ごろの悲《かな》しさも忘《わす》れていました。

しかしそういう幸福《こうふく》さえ五分《ごふん》と続《つづ》いたかどうかわかりません。白《しろ》はただ夢《ゆめ》のように、ベンチの並《なら》んでいる道《みち》ばたへ出《で》ました。するとその道《みち》の曲《ま》がり角《かど》のむこうにけたたましい犬《いぬ》の声《こえ》が起《お》こったのです。

「きゃん。きゃん。助《たす》けてくれえ！　きゃあん。きゃあん。助《たす》けてくれえ！」

白《しろ》は思《おも》わず身《み》ぶるいをしました。この声《こえ》は白《しろ》の心《こころ》の中《なか》へ、あの恐《おそ》ろしい黒《くろ》の最後《さいご》をもう一度《いちど》はっきりうかばせたのです。白《しろ》は目《め》をつぶったまま、もときた方《ほう》へ逃《に》げ出《だ》そうとしました。けれどもそれは言葉《ことば》どおり、ほんの一瞬《いっしゅん》の間《あいだ》のことです。白《しろ》はすさまじいうなり声《ごえ》をもらすと、きりりとまたふり返《かえ》りました。

「きゃあん。きゃあん。助《たす》けてくれえ！　きゃあん。きゃあん。助《たす》けてくれえ！」

この声《こえ》はまた白《しろ》の耳《みみ》にはこういう言葉《ことば》にも聞《き》こえるのです。

「きゃあん。きゃあん。おくびょう者《もの》になるな！　きゃあん。おくびょう者《もの》になるな！」

白《しろ》は頭《あたま》を低《ひく》めるが早《はや》いか、声《こえ》のする方《ほう》へかけ出《だ》しました。

けれどもそこへきてみると、白《しろ》の目《め》の前《まえ》へ現《あらわ》れたのは犬殺《いぬころ》しなどではありません。ただ学校《がっこう》の帰《かえ》りらしい、洋服《ようふく》を着《き》た子《こ》どもが二《に》、三人《さんにん》、首《くび》のまわりへなわをつけた茶色《ちゃいろ》の子犬《こいぬ》を引《ひ》きずりながら、なにかわいわいさわいでいるのです。子犬《こいぬ》はいっしょうけんめいに引《ひ》きずられまいともがきもがき、「助《たす》けてくれえ。」とくり返《かえ》していました。しかし子《こ》どもたちはそんな声《こえ》に耳《みみ》をかすけしきもありません。ただ笑《わら》ったり、どなったり、あるいはまた子犬《こいぬ》の腹《はら》をくつでけったりするばかりです。

白《しろ》は少《すこ》しもためらわずに、子《こ》どもたちを目《め》がけてほえかかりました。不意《ふい》を打《う》たれた子《こ》どもたちは、驚《おどろ》いたの驚《おどろ》かないのではありません。また実際白《じっさいしろ》の様子《ようす》は火《ひ》のようにもえた目《め》の色《いろ》といい、刃物《はもの》のようにむきだしたきばの列《れつ》といい、今《いま》にもかみつくかと思《おも》うくらい、恐《おそ》ろしいけんまくを見《み》せているのです。子《こ》どもたちは四方《しほう》へ逃《に》げちりました。中《なか》にはあまりろうばいしたはずみに、道《みち》ばたの花《か》だんへ飛《と》びこんだのもあります。白《しろ》は*二《に》、三間《さんげん》追《お》いかけたのち、くるりと子犬《こいぬ》をふり返《かえ》ると、叱《しか》るようにこう声《こえ》をかけました。

「さあ、おれといっしょにこい。おまえの家《うち》まで送《おく》ってやるから。」

白《しろ》はもときた木々《きぎ》の間《あいだ》へ、まっしぐらにまたかけこみました。茶色《ちゃいろ》の子犬《こいぬ》もうれしそうに、ベンチをくぐり、ばらをけちらし、白《しろ》に負《ま》けまいと走《はし》ってきます。まだ首《くび》にぶら下《さ》がった、長《なが》いなわを引《ひ》きずりながら。

二《に》、三時間《さんじかん》たったのち、白《しろ》はまずしいカフェの前《まえ》に茶色《ちゃいろ》の子犬《こいぬ》とたたずんでいました。昼《ひる》もうす暗《ぐら》いカフェの中《なか》にはもう赤《あか》あかと電灯《でんとう》がともり、音《おと》のかすれた*蓄音機《ちくおんき》はなにわ節《ぶし》かなにかやっているようです。子犬《こいぬ》は得意《とくい》そうに尾《お》をふりながら、こう白《しろ》へ話《はな》しかけました。

二《に》、三間《さんげん》
約《やく》四《し》、五《ご》メートル。

蓄音機《ちくおんき》
音《おと》が録音《ろくおん》されたレコード盤《ばん》を使《つか》い、音《おと》を再生《さいせい》する機械《かい》。

「ぼくはここに住《す》んでいるのです。この大正軒《たいしょうけん》というカフェの中《なか》に。——おじさんはどこに住《す》んでいるのです？」

「おじさんかい？——おじさんはずっと遠《とお》い町《まち》にいる。」

白《しろ》はさびしそうにため息《いき》をしました。

「じゃもうおじさんは家《うち》へ帰《かえ》ろう。」

「まあお待《ま》ちなさい。おじさんのご主人《しゅじん》はやかましいのですか？」

「ご主人《しゅじん》？　なぜまたそんなことをたずねるのだい？」

「もしご主人《しゅじん》がやかましくなければ、今夜《こんや》はここに泊《とま》っていってください。それからぼくのお母《かあ》さんにも命拾《いのちびろ》いのお礼《れい》を言《い》わせてください。ぼくの家《うち》には牛乳《ぎゅうにゅう》だの、カレー・ライスだの、ビフテキだの、いろいろなごちそうがあるのです。」

「ありがとう。ありがとう。だがおじさんは用《よう》があるから、ごちそうになるのはこの次《つぎ》にしよう。——じゃおまえのお母《かあ》さんによろしく。」

白《しろ》はちょいと空《そら》を見《み》てから、しずかに敷石《しきいし》の上《うえ》を歩《ある》き出《だ》しました。空《そら》にはカフェの屋《や》根《ね》のはずれに、三日月《みかづき》もそろそろ光《ひか》り出《だ》しています。

「おじさん。おじさん。おじさんといえば！」

子犬《こいぬ》はかなしそうに鼻《はな》をならしました。

「じゃ名《な》まえだけ聞《き》かしてください。ぼくの名《な》まえはナポレオンというのです。ナポちゃんだのナポ公《こう》だのとも言《い》われますけれども。——おじさんの名《な》まえはなんというのです？」

「おじさんの名《な》まえは白《しろ》というのだよ。」

「白《しろ》――ですか？　白《しろ》というのは不思議《ふしぎ》ですね。おじさんはどこも黒《くろ》いじゃありませんか？」

白《しろ》は胸《むね》がいっぱいになりました。

「それでも白《しろ》というのだよ。」

「じゃ白《しろ》のおじさんと言《い》いましょう。白《しろ》のおじさん。ぜひまた近《ちか》いうちに一度《いちど》きてください。」

「じゃナポ公《こう》、さよなら！」

「ごきげんよう、白《しろ》のおじさん！　さようなら、さようなら！」

四

そののちの白《しろ》はどうなったか？　――それはいちいち話《はな》さずとも、いろいろの新聞《しんぶん》に伝《つた》えられています。おおかたどなたもご存知《ぞんじ》でしょう。たびたび危《あや》うい人命《じんめい》を救《すく》った、いさましい一匹《いっぴき》の黒犬《くろいぬ》のあるのを。また一時《いちじ》『義犬《ぎけん》』という活動写真《かつどうしゃしん》*の流行《りゅうこう》したことを。あの黒犬《くろいぬ》こそ白《しろ》だったのです。しかしまだ不幸《ふこう》にもご存知《ぞんじ》のない方《かた》があれば、どうか下《しも》に引用《いんよう》した新聞《しんぶん》の記事《きじ》を読《よ》んでください。

活動写真《かつどうしゃしん》　映画《えいが》の昔《むかし》の呼《よ》び名《な》。

東京日日新聞《とうきょうにちにちしんぶん》。昨《さく》十八日《にち》（五月《ごがつ》）午前八時《ごぜんはちじ》四十分《ぷん》、奥羽線上《おううせんのぼ》り急行列車《きゅうこうれっしゃ》が田端駅《たばたえき》付近《ふきん》のふみきりを通過《つうか》する際《さい》、ふみきり番人《ばんにん》の過失《かしつ》により、田端《たばた》一二三会社員《かいしゃいん》柴山鉄太郎《しばやまてつたろう》の長男実彦《ちょうなんさねひこ》（四歳《しさい》）が列車《れっしゃ》の通《とお》る線路内《せんろない》に立《た》ち入《い》り、あやうく轢死《れきし》をとげようとした。その時《とき》たくましい黒犬《くろいぬ》が一匹《いっぴき》、いなずまのようにふみきりへ飛《と》びこみ、目前《もくぜん》にせまった列《れっ》車《しゃ》の車輪《しゃりん》から、みごとに実彦《さねひこ》を救《すく》い出《だ》した。このゆうかんなる黒犬《くろいぬ》は人々《ひとびと》の立《た》ちさわいでいる間《あいだ》にどこかへすがたをかくしたため、表彰《ひょうしょう》したいにもすることができず、当局《とうきょく》は大《おお》いに困《こま》っている。

東京朝日新聞《とうきょうあさひしんぶん》。軽井沢《かるいざわ》に避暑中《ひしょちゅう》のアメリカ富豪《ふごう》エドワード・バークレー氏《し》の夫人《ふじん》はペルシア産《さん》の猫《ねこ》を寵愛《ちょうあい》している。すると最近同氏《さいきんどうし》の別荘《べっそう》へ*七尺《ななしゃく》あまりの大蛇《だいじゃ》があらわれ、ベランダにいる猫《ねこ》をのもうとした。そこへ見《み》なれぬ黒犬《くろいぬ》が一匹《いっぴき》、とつぜん猫《ねこ》を救《すく》いにかけつけ、二十分《ぷん》にわたる奮闘《ふんとう》ののち、とうとうその大蛇《だいじゃ》をかみ殺《ころ》した。しかしこのけなげな犬《いぬ》はどこかへすがたをかくしたため、夫人《ふじん》は五千ドルの賞金《しょうきん》をかけ、犬《いぬ》のゆくえを求《もと》めている。

国民新聞《こくみんしんぶん》。日本《にほん》アルプス横断中《おうだんちゅう》、一時《いちじ》ゆくえ不明《ふめい》になった第一高等学校《だいいちこうとうがっこう》の生徒《せいと》三名《さんめい》は七日《なのか》（八月《はちがつ》）上高地《かみこうち》の温泉《おんせん》へ着《ちゃく》した。一行《いっこう》は穂高山《ほたかやま》と槍ヶ岳《やりがたけ》との間《あいだ》に道《みち》を失《うしな》い、かつ過《か》日《じつ》の暴風雨《ぼうふうう》にテント糧食等《りょうしょくとう》をうばわれたため、ほとんど死《し》を覚悟《かくご》していた。しかるにどこからか黒犬《くろいぬ》が一匹《いっぴき》、一行《いっこう》のさまよっていた渓谷《けいこく》に現《あらわ》れ、あたかも案内《あんない》をするように、先《さき》へ立《た》って歩《ある》き出《だ》した。一行《いっこう》はこの犬《いぬ》のあとにしたがい、一日《いちにち》あまり歩《ある》いたのち、やっ

七尺《ななしゃく》
約二《やくに》メートル。一《いっ》尺《しゃく》は約《やく》三十センチメートル。

と上高地《かみこうち》へ着《ちゃく》することができた。しかし犬《いぬ》は目《め》の下《した》に温泉宿《おんせんやど》の屋根《やね》が見《み》えると、一声《ひとこえ》うれしそうにほえたきり、もう一度《いちど》もときた熊笹《くまざさ》の中《なか》へすがたをかくしてしまったという。一行《いっこう》はみなこの犬《いぬ》がきたのは神明《しんめい》の加護《かご》だと信《しん》じている。

時事新報《じじしんぽう》。十三日《にち》（九月《がつ》）名古屋市《なごやし》の大火《たいか》は焼死者十余名《しょうししゃじゅうよめい》におよんだが、横関名古屋《よこぜきなごや》市長《しちょう》なども愛児《あいじ》を失《うしな》おうとした一人《ひとり》である。令息武矩《れいそくたけのり》（三歳《さんさい》）はいかなる家族《かぞく》のておちからか、猛火《もうか》の中《なか》の二階《にかい》にのこされ、すでに灰燼《かいじん》となろうとしたところを、一匹《いっぴき》の黒犬《くろいぬ》のためにくわえだされた。市長《しちょう》は今後名古屋市《こんごなごやし》にかぎり、野犬撲殺《やけんぼくさつ》を禁《きん》ずると言《い》っている。

読売新聞《よみうりしんぶん》。小田原町城内公園《おだわらまちじょうないこうえん》に連日《れんじつ》の人気《にんき》を集《あつ》めていた宮城巡回動物園《みやぎじゅんかいどうぶつえん》のシベリア産《さん》大《おお》おおかみは二十五日《にち》（十月《じゅうがつ》）午後二時《ごごにじ》ごろ、とつぜんがんじょうなおりをやぶり、木《き》戸番二名《どばんにめい》を負傷《ふしょう》させたのち、箱根方面《はこねほうめん》へ逸走《いっそう》した。小田原署《おだわらしょ》はそのために非常動員《ひじょうどういん》をおこない、全町《ぜんちょう》にわたる警戒線《けいかいせん》をしいた。すると午後四時半《ごごよじはん》ごろ、右《みぎ》のおおかみは十字町《じゅうじまち》に現《あらわ》れ、一匹《いっぴき》の黒犬《くろいぬ》とかみ合《あ》いをはじめた。黒犬《くろいぬ》は悪戦《あくせん》すこぶるつとめ、ついに敵《てき》をかみふせるにいたった。そこへ警戒《けいかい》ちゅうの巡査《じゅんさ》もかけつけ、ただちにおおかみを銃殺《じゅうさつ》した。このおおかみはルプス・ジガンティクスとしょうし、もっとも凶猛《きょうもう》な種族《しゅぞく》であるという。なお宮城動物園主《みやぎどうぶつえんしゅ》はおおかみの銃殺《じゅうさつ》を不当《ふとう》とし、小田原署長《おだわらしょちょう》を相手《あいて》どった告訴《こくそ》を起《お》こすといきまいている。等《とう》、等《とう》、等《とう》。

五

ある秋《あき》の真夜中《まよなか》です。体《からだ》も心《こころ》も疲《つか》れきった白《しろ》は主人《しゅじん》の家《いえ》へ帰《かえ》ってきました。もちろんおじょうさんやぼっちゃんは、とうに床《とこ》へ入《はい》っています。いや、今《いま》はだれ一人《ひとり》起《お》きているものもありますまい。ひっそりしたうら庭《にわ》の芝生《しばふ》の上《うえ》にも、ただ高《たか》いしゅろの木《き》のこずえに白《しろ》い月《つき》が一輪《いちりん》うかんでいるだけです。白《しろ》はむかしの犬小屋《いぬごや》の前《まえ》に、つゆにぬれた体《からだ》を休《やす》めました。それからさびしい月《つき》を相手《あいて》に、こういうひとりごとをはじめました。

「お月《つき》さま！　お月《つき》さま！　わたしは黒君《くろくん》を見殺《みごろ》しにしました。わたしの体《からだ》のまっ黒《くろ》になったのも、おおかたそのせいかと思《おも》っています。しかしわたしはおじょうさんやぼっちゃんにお別《わか》れもうしてから、あらゆる危険《きけん》と戦《たたか》ってきました。それは一《ひと》つにはなにかのひょうしにすすよりも黒《くろ》い体《からだ》を見《み》ると、おくびょうをはじる気《き》が起《お》こったからです。けれどもしまいには黒《くろ》いのがいやさに、――この黒《くろ》いわたしを殺《ころ》したさに、あるいは火《ひ》の中《なか》へ飛《と》びこんだり、あるいはまたおおかみと戦《たたか》ったりしました。が、不思議《ふしぎ》にもわたしの命《いのち》はどんな強敵《きょうてき》にもうばわれません。死《し》もわたしの顔《かお》を見《み》ると、どこかへ逃《に》げ去《さ》ってしまうのです。わたしはとうとう苦《くる》しさのあまり、自殺《じさつ》しようと決心《けっしん》しました。ただ自殺《じさつ》をするにつけても、ただ一目会《ひとめあ》いたいのはかわいがってくださったご主人《しゅじん》です。もちろんおじょうさんやぼっちゃんはあしたにもわたしのすがたを見《み》ると、きっとまたのら犬《いぬ》と思《おも》うでしょう。ことによればぼっちゃんのバットに打《う》ち殺《ころ》されてしまうかもしれません。しかしそれでも本望《ほんもう》です。お月《つき》さま！　お月《つき》さま！　わたしはご主人《しゅじん》の顔《かお》を見《み》るほかに、なにも願《ねが》うことはありません。そのため今夜《こんや》ははるばるともう一度《いちど》ここへ帰《かえ》ってきました。どうか夜《よ》の明《あ》けしだい、おじょうさんやぼっちゃんに会《あ》わしてください。」

白《しろ》はひとりごとを言《い》い終《お》わると、芝生《しばふ》にあごをさしのべたなり、いつかぐっすり寝《ね》入《い》ってしまいました。

「おどろいたわねえ、春夫《はるお》さん。」

「どうしたんだろう？　姉《ねえ》さん。」

白《しろ》は小《ちい》さい主人《しゅじん》の声《こえ》に、はっきりと目《め》を開《ひら》きました。見《み》ればおじょうさんやぼっちゃんは犬小屋《いぬごや》の前《まえ》にたたずんだまま、ふしぎそうに顔《かお》を見《み》あわせています。白《しろ》は一度《いちど》あげた目《め》をまた芝生《しばふ》の上《うえ》へふせてしまいました。おじょうさんやぼっちゃんは白《しろ》がまっ黒《くろ》に変《か》わったときにも、やはり今《いま》のように驚《おどろ》いたものです。あのときの悲《かな》しさを考《かんが》えると、――白《しろ》は今《いま》では帰《かえ》ってきたことを後悔《こうかい》する気《き》さえ起《お》こりました。するとそのとたんです。ぼっちゃんはとつぜん飛《と》びあがると、大声《おおごえ》にこう叫《さけ》びました。

「お父《とう》さん！　お母《かあ》さん！　白《しろ》がまた帰《かえ》ってきましたよ！」

白《しろ》が！　白《しろ》は思《おも》わず飛《と》び起《お》きました。すると逃《に》げるとでも思《おも》ったのでしょう。おじょうさんは両手《りょうて》をのばしながら、しっかり白《しろ》の首《くび》を押《お》さえました。同時《どうじ》に白《しろ》はおじょうさんの目《め》へ、じっとかれの目《め》を移《うつ》しました。おじょうさんの目《め》には黒《くろ》いひとみにありありと犬小屋《いぬごや》が映《うつ》っています。高《たか》いしゅろの木《き》のかげになったクリーム色《いろ》の犬小屋《いぬごや》が、——そんなことは当然《とうぜん》に違《ちが》いありません。しかしその犬小屋《いぬごや》の前《まえ》には米粒《こめつぶ》ほどの小《ちい》ささに、白《しろ》い犬《いぬ》が一匹《いっぴき》すわっているのです。清《きよ》らかに、ほっそりと。——白《しろ》はただ恍惚《こうこつ》とこの犬《いぬ》のすがたに見《み》入《い》りました。

「あら、白《しろ》は泣《な》いているわよ。」

おじょうさんは白《しろ》をだきしめたまま、ぼっちゃんの顔《かお》を見上《みあ》げました。

ぼっちゃんは——ごらんなさい、ぼっちゃんのいばっているのを！

「へっ、姉《ねえ》さんだって泣《な》いているくせに！」

魔術《まじゅつ》

ある時雨《しぐれ》の降《ふ》る晩《ばん》のことです。わたしを乗《の》せた人力車《じんりきしゃ》は、何度《なんど》も大森界隈《おおもりかいわい》の険《けわ》しい坂《さか》を上《あ》がったり下《お》りたりして、やっと竹《たけ》やぶに囲《かこ》まれた、小《ちい》さな西洋館《せいようかん》の前《まえ》に梶棒《かじぼう》を下《お》ろしました。もうねずみ色《いろ》のペンキのはげかかった、せま苦《くる》しい玄関《げんかん》には、車夫《しゃふ》の出《だ》したちょうちんの明《あ》かりで見《み》ると、インド人《じん》マティラム・ミスラと日本字《にほんじ》で書《か》いた、これだけは新《あたら》しい、瀬戸物《せともの》の標札《ひょうさつ》がかかっています。

マティラム・ミスラ君《くん》といえば、もうみなさんの中《なか》にも、ごぞんじの方《かた》が少《すく》なくないかもしれません。ミスラ君《くん》は永年《ながねん》インドの独立《どくりつ》を計《はか》っているカルカッタ生《う》まれの愛国者《あいこくしゃ》で、同時《どうじ》にまたハッサン・カンという名高《なだか》い*バラモンの秘法《ひほう》を学《まな》んだ、年《とし》の若《わか》い魔術《まじゅつ》の大家《たいか》なのです。わたしはちょうど一月《ひとつき》ばかり以前《いぜん》から、ある友人《ゆうじん》の紹介《しょうかい》でミスラ君《くん》と交際《こうさい》していましたが、政治経済《せいじけいざい》の問題《もんだい》などはいろいろ議論《ぎろん》したことがあっても、かんじん

バラモン 太陽《たいよう》や雷《かみなり》など、自然《しぜん》を神《かみ》として信仰《しんこう》したインドの宗教《しゅうきょう》。

の魔術《まじゅつ》を使《つか》う時《とき》には、まだ一度《いちど》もいあわせたことがありません。そこで今夜《こんや》は前《まえ》もって、魔術《まじゅつ》を使《つか》ってみせてくれるように、手紙《てがみ》で頼《たの》んでおいてから、当時《とうじ》ミスラ君《くん》の住《す》んでいた、寂《さび》しい大森《おおもり》の町《まち》はずれまで、人力車《じんりきしゃ》を急《いそ》がせてきたのです。

わたしは雨《あめ》にぬれながら、おぼつかない車夫《しゃふ》のちょうちんの明《あ》かりをたよりにその標札《ひょうさつ》の下《した》にある呼《よ》び鈴《りん》のボタンを押《お》しました。すると間《ま》もなく戸《と》が開《あ》いて、玄関《げんかん》へ顔《かお》を出《だ》したのは、ミスラ君《くん》の世話《せわ》をしている、背《せ》の低《ひく》い日本人《にほんじん》のおばあさんです。

「ミスラ君《くん》はおいでですか。」

「いらっしゃいます。さきほどからあなたさまをお待《ま》ちかねでございました。」

おばあさんは愛想《あいそ》よくこう言《い》いながら、すぐその玄関《げんかん》のつきあたりにある、ミスラ君《くん》の部屋《へや》へわたしを案内《あんない》しました。

「今晩《こんばん》は、雨《あめ》の降《ふ》るのによくおいででした。」

色《いろ》のまっ黒《くろ》な、眼《め》の大《おお》きい、やわらかな口《くち》ひげのあるミスラ君《くん》は、テーブルの上《うえ》にある石油《せきゆ》ランプのしんをねじりながら、元気《げんき》よくわたしにあいさつしました。

「いや、あなたの魔術《まじゅつ》さえ拝見《はいけん》できれば、雨《あめ》くらいはなんともありません。」

わたしは椅子《いす》に腰《こし》かけてから、うす暗《ぐら》い石油《せきゆ》ランプの光《ひかり》に照《て》らされた、陰気《いんき》な部屋《へや》の中《なか》を見回《みまわ》しました。

ミスラ君《くん》の部屋《へや》は質素《しっそ》な西洋間《せいようま》で、まん中《なか》にテーブルが一《ひと》つ、壁側《かべぎわ》に手《て》ごろな書棚《しょだな》が一《ひと》つ、それから窓《まど》の前《まえ》に机《つくえ》が一《ひと》つ――ほかにはただわれわれの腰《こし》をかける、椅子《いす》が並《なら》んでいるだけです。しかもその椅子《いす》や机《つくえ》が、みんな古《ふる》ぼけた物《もの》ばかりで、縁《ふち》へ赤《あか》く花模様《はなもよう》を織《お》り出《だ》した、はでなテーブルかけでさえ、今《いま》にもずたずたに裂《さ》けるかと思《おも》うほど、糸《いと》目《め》があらわになっていました。

わたしたちはあいさつをすませてから、しばらくは外《そと》の竹《たけ》やぶに降《ふ》る雨《あめ》の音《おと》を聞《き》くともなく聞《き》いていましたが、やがてまたあの召使《めしつか》いのおばあさんが、紅茶《こうちゃ》の道具《どうぐ》を持《も》ってはいってくると、ミスラ君《くん》は葉巻《はまき》の箱《はこ》のふたを開《あ》けて、

「どうです。一本《いっぽん》。」

とすすめてくれました。

「ありがとう。」

わたしは遠慮《えんりょ》なく葉巻《はまき》を一本《いっぽん》取《と》って、マッチの火《ひ》をうつしながら、

「たしかあなたのお使《つか》いになる精霊《せいれい》は、ジン*とかいう名前《なまえ》でしたね。するとこれからわたしが拝見《はいけん》する魔術《まじゅつ》というのも、そのジンの力《ちから》を借《か》りてなさるのですか。」

ミスラ君《くん》は自分《じぶん》も葉巻《はまき》へ火《ひ》をつけると、にやにや笑《わら》いながら、においのいい煙《けむり》を吐《は》いて、

「ジンなどという精霊《せいれい》があると思《おも》ったのは、もう何百年《なんびゃくねん》も昔《むかし》のことです。アラビヤ夜話*の時代《じだい》のこととでも言《い》いましょうか。わたしがハッサン・カンから学《まな》んだ魔術《まじゅつ》は、あなたでも使《つか》おうと思《おも》えば使《つか》えますよ。たかが進歩《しんぽ》した催眠術《さいみんじゅつ》にすぎないのですから。――ごらんなさい。この手《て》をただ、こうしさえすればいいのです。」

ジン
アラブの神話《しんわ》に登場《とうじょう》する魔人《まじん》。

アラビヤ夜話《やわ》
アラビアを中心《ちゅうしん》に、インドや中近東地《ちゅうきんとうち》方《ほう》の話《はなし》を集《あつ》めた『アラビアン・ナイト』のこと。

ミスラ君《くん》は手《て》を挙《あ》げて、二《に》、三度《さんど》わたしの眼《め》の前《まえ》へ三角形《さんかくけい》のようなものを描《えが》きましたが、やがてその手《て》をテーブルの上《うえ》へやると、縁《ふち》へ赤《あか》く織《お》り出《だ》した模様《もよう》の花《はな》をつまみ上《あ》げました。わたしはびっくりして、思《おも》わず椅子《いす》をずりよせながら、よくよくその花《はな》をながめましたが、たしかにそれは今《いま》の今《いま》まで、テーブルかけの中《なか》にあった花模様《はなもよう》の一《ひと》つに違《ちが》いありません。が、ミスラ君《くん》がその花《はな》をわたしの鼻《はな》の先《さき》へ持《も》ってくると、ちょうど*麝香《じゃこう》か何《なに》かのように重苦《おもくる》しいにおいさえするのです。

わたしはあまりの不思議《ふしぎ》さに、何度《なんど》も感嘆《かんたん》の声《こえ》をもらしますと、ミスラ君《くん》はやはり微笑《びしょう》したまま、また無造作《むぞうさ》にその花《はな》をテーブルかけの上《うえ》へ落《お》としました。もちろん落《お》とすともとのとおり、花《はな》は織《お》り出《だ》した模様《もよう》になって、つまみ上《あ》げることどころか、花《はな》びら一《ひと》つ自由《じゆう》には動《うご》かせなくなってしまうのです。

「どうです。わけはないでしょう。今度《こんど》は、このランプをごらんなさい。」

ミスラ君《くん》はこう言《い》いながら、ちょいとテーブルの上《うえ》のランプを置《お》き直《なお》しましたが、その拍子《ひょうし》にどういうわけか、ランプはまるでこまのように、ぐるぐる回《まわ》りはじめました。それもちゃんとひとところに止《と》まったまま、*ホヤを心棒《しんぼう》のようにして、勢《いきお》いよく回《まわ》りはじめたのです。はじめのうちはわたしも胆《きも》をつぶして、万一火事《まんいちかじ》にでもなっては大変《たいへん》だと、何度《なんど》もひやひやしましたが、ミスラ君《くん》は静《しず》かに紅茶《こうちゃ》を飲《の》みながら、いっこう騒《さわ》ぐ様子《ようす》もありません。そこでわたしもしまいには、すっかり度胸《どきょう》がすわってしまって、だんだん早《はや》くなるランプの運動《うんどう》を、眼《め》も離《はな》さずながめていました。

麝香《じゃこう》 ジャコウジカの内臓《ないぞう》の一部《いちぶ》からつくった強《つよ》い匂《にお》いの香料《こうりょう》。

ホヤ ランプなどの火《ひ》をおおうガラス製《せい》の筒《つつ》。

またじっさいランプのかさが風《かぜ》を起《お》こして回る中《まわなか》に、黄《き》いろいほのおがたった一《ひと》つ、またたきもせずにともっているのは、なんとも言《い》えず美《うつく》しい、不思議《ふしぎ》な見物《みもの》だったのです。が、そのうちにランプの回《まわ》るのが、いよいよ速《すみ》やかになっていって、とうとう回《まわ》っているとは見《み》えないほど、澄《す》みわたったと思《おも》いますと、いつのまにか、前《まえ》のようにホヤ一《ひと》つゆがんだ気色《けしき》もなく、テーブルの上《うえ》にすわっていました。

「驚《おどろ》きましたか。こんなことはほんのこどもだましですよ。それともあなたがお望《のぞ》みなら、もう一《ひと》つ何《なに》かごらんに入《い》れましょう。」

ミスラ君《くん》は後《うし》ろをふり返《かえ》って、壁側《かべぎわ》の書棚《しょだな》をながめましたが、やがてその方《ほう》へ手《て》をさしのばして、招《まね》くように指《ゆび》を動《うご》かすと、今度《こんど》は書棚《しょだな》に並《なら》んでいた書物《しょもつ》が一冊《いっさつ》ずつ動《うご》き出《だ》して、自然《しぜん》にテーブルの上《うえ》まで飛《と》んで来《き》ました。そのまた飛《と》び方《かた》が両方《りょうほう》へ表紙《ひょうし》を開《ひら》いて、夏《なつ》の夕方《ゆうがた》に飛《と》びかうこうもりのように、ひらひらと宙《ちゅう》へ舞《ま》い上《あ》がるのです。

わたしは葉巻《はまき》を口《くち》へくわえたまま、あっけにとられて見《み》ていましたが、書物《しょもつ》はうす暗《ぐら》いランプの光《ひかり》の中《なか》に何冊《なんさつ》も自由《じゆう》に飛《と》び回《まわ》って、いちいち行儀《ぎょうぎ》よくテーブルの上《うえ》へピラミッド形《がた》に積《つ》み上《あ》がりました。しかも残《のこ》らずこちらへ移《うつ》ってしまったと思《おも》うと、すぐに最初《さいしょ》来《き》たのから動《うご》き出《だ》して、もとの書棚《しょだな》へじゅんじゅんに飛《と》びかえっていくじゃありませんか。

が、なかでも一番《いちばん》おもしろかったのは、うすい仮綴《かりと》じの書物《しょもつ》が一冊《いっさつ》、やはり翼《つばさ》のように表紙《ひょうし》を開《ひら》いて、ふわりと空《そら》へ上《あ》がりましたが、しばらくテーブルの上《うえ》で輪《わ》を描《えが》いてから、急《きゅう》にページをざわつかせると、逆落《さかお》としにわたしのひざへさっと下《お》りてきたことです。どうしたのかと思《おも》って手《て》にとってみると、これはわたしが一週間《いっしゅうかん》ばかり前《まえ》にミスラ君《くん》へ貸《か》した覚《おぼ》えがある、フランスの新《あたら》しい小説《しょうせつ》でした。

「ながながご本《ほん》をありがとう。」

ミスラ君《くん》はまだ微笑《びしょう》をふくんだ声《こえ》で、こうわたしに礼《れい》を言《い》いました。もちろんその時《とき》はもう多《おお》くの書物《しょもつ》が、みんなテーブルの上《うえ》から書棚《しょだな》の中《なか》へ舞《ま》いもどってしまっていたのです。わたしは夢《ゆめ》からさめたような心《こころ》もちで、暫時《ざんじ》はあいさつさえできませんでしたが、そのうちにさっきミスラ君《くん》の言《い》った、

「わたしの魔術《まじゅつ》などというものは、あなたでも使《つか》おうと思《おも》えば使《つか》えるのです。」

という言葉《ことば》を思《おも》い出《だ》しましたから、

「いや、かねがね評判《ひょうばん》はうかがっていましたが、あなたのお使《つか》いなさる魔術《まじゅつ》が、これほど不思議《ふしぎ》なものだろうとは、じっさい、思《おも》いもよりませんでした。ところでわたしのような人間《にんげん》にも、使《つか》って使《つか》えないことのないというのは、ご冗談《じょうだん》ではないのですか。」

「使《つか》えますとも。だれにでも造作《ぞうさ》なく使《つか》えます。ただ――」

と言《い》いかけてミスラ君《くん》は、じっとわたしの顔《かお》をながめながら、いつになくまじめな口調《くちょう》になって、

「ただ、欲《よく》のある人間《にんげん》には使《つか》えません。ハッサン・カンの魔術《まじゅつ》を習《なら》おうと思《おも》ったら、まず欲《よく》を捨《す》てることです。あなたにはそれができますか。」

「できるつもりです。」

わたしはこう答《こた》えましたが、なんとなく不安《ふあん》な気《き》もしたので、すぐにまたあとから言《こと》葉《ば》を添《そ》えました。

「魔術《まじゅつ》さえ教《おし》えていただければ。」

それでもミスラ君《くん》は疑《うたが》わしそうな眼《め》つきを見《み》せましたが、さすがにこの上念《うえねん》を押《お》すのはぶしつけだとでも思《おも》ったのでしょう。やがておおようにうなずきながら、

「では教《おし》えてあげましょう。が、いくら造作《ぞうさ》なく使《つか》えるといっても、習《なら》うのには暇《ひま》もかかりますから、今夜《こんや》はわたしのところへお泊《と》まりなさい。」

「どうもいろいろ恐《おそ》れ入《い》ります。」

わたしは魔術《まじゅつ》を教《おし》えてもらううれしさに、何度《なんど》もミスラ君《くん》へお礼《れい》を言《い》いました。が、ミスラ君《くん》はそんなことに頓着《とんじゃく》する気色《けしき》もなく、静《しず》かに椅子《いす》から立《た》ち上《あ》がると、

「オバアサン。オバアサン。今夜《こんや》ハオ客《きゃく》サマガオ泊《と》マリニナルカラ、寝床《ねどこ》ノ仕度《したく》ヲシテオイテオクレ。」

わたしは胸《むね》を躍《おど》らしながら、葉巻《はまき》の灰《はい》をはたくのも忘《わす》れて、まともに石油《せきゆ》ランプの光《ひかり》を浴《あ》びた、親切《しんせつ》そうなミスラ君《くん》の顔《かお》を思《おも》わずじっと見上《みあ》げました。

＊　＊　＊

わたしがミスラ君《くん》に魔術《まじゅつ》を教《おそ》わってから、一月《ひとつき》ばかりたったのちのことです。これもやはりざあざあ雨《あめ》の降《ふ》る晩《ばん》でしたが、わたしは銀座《ぎんざ》のあるクラブの一室《いっしつ》で、五《ご》、六人《ろくにん》の友人《ゆうじん》と、暖炉《だんろ》の前《まえ》へ陣取《じんど》りながら、気軽《きがる》な雑談《ざつだん》にふけっていました。

なにしろここは東京《とうきょう》の中心《ちゅうしん》ですから、窓《まど》の外《そと》に降《ふ》る雨脚《あまあし》も、しっきりなく往来《おうらい》する自動車《じどうしゃ》や馬車《ばしゃ》の屋根《やね》をぬらすせいか、あの、大森《おおもり》の竹《たけ》やぶにしぶくような、ものさびしい音《おと》は聞《き》こえません。

もちろん窓《まど》の内《うち》の陽気《ようき》なことも、明《あか》るい電灯《でんとう》の光《ひかり》といい、大《おお》きな*モロッコ皮《がわ》の椅子《いす》といい、あるいはまたなめらかに光《ひか》っている*寄木細工《よせぎざいく》の床《ゆか》といい、見《み》るから精霊《せいれい》でも出《で》てきそうな、ミスラ君《くん》の部屋《へや》などとは、まるで比《くら》べものにはならないのです。

わたしたちは葉巻《はまき》の煙《けむり》の中《なか》に、しばらくは猟《りょう》の話《はなし》だの競馬《けいば》の話《はなし》だのをしていましたが、そのうちに一人《ひとり》の友人《ゆうじん》が、吸《す》いさしの葉巻《はまき》を暖炉《だんろ》の中《なか》にほうりこんで、わたしの方《ほう》へふり向《む》きながら、

「君《きみ》は近《ちか》ごろ魔術《まじゅつ》を使《つか》うという評判《ひょうばん》だが、どうだい。今夜《こんや》は一《ひと》つぼくたちの前《まえ》で使《つか》ってみせてくれないか。」

「いいとも。」

わたしは椅子《いす》の背《せ》に頭《あたま》をもたせたまま、さも魔術《まじゅつ》の名人《めいじん》らしく、横柄《おうへい》にこう答《こた》えました。

「じゃ、なんでも君《きみ》に一任《いちにん》するから、世間《せけん》の手品師《てじなし》などにはできそうもない、不思議《ふしぎ》な

モロッコ皮《がわ》
モロッコ産《さん》の山羊《やぎ》のなめし革《がわ》。

寄木細工《よせぎざいく》
色《いろ》や木目《もくめ》の異《こと》なる木材《もくざい》を組《く》み合《あ》わせて、模様《もよう》を作《つく》る技術《ぎじゅつ》。

術《じゅつ》を使《つか》ってみせてくれたまえ。」

友人《ゆうじん》たちはみな賛成《さんせい》だとみえて、てんでに椅子《いす》をすり寄《よ》せながら、うながすようにわたしの方《ほう》をながめました。そこでわたしはおもむろに立《た》ち上《あ》がって、

「よく見《み》ていてくれたまえよ。ぼくの使《つか》う魔術《まじゅつ》には、種《たね》もしかけもないのだから。」

わたしはこう言《い》いながら、両手《りょうて》のカフスをまくり上《あ》げて、暖炉《だんろ》の中《なか》に燃《も》えさかっている石炭《せきたん》を、無造作《むぞうさ》にてのひらの上《うえ》へすくい上《あ》げました。わたしを囲《かこ》んでいた友人《ゆうじん》たちは、これだけでも、もう荒胆《あらぎも》をひしがれたのでしょう。みな顔《かお》を見合《みあ》わせながらうっかりそばへ寄《よ》ってやけどでもしては大変《たいへん》だと、気味悪《きみわる》そうにしりごみさえしはじめるのです。

そこでわたしの方《ほう》はいよいよ落《お》ち着《つ》きはらって、そのてのひらの上《うえ》の石炭《せきたん》の火《ひ》を、しばらく一同《いちどう》の眼《め》の前《まえ》へつきつけてから、今度《こんど》はそれを勢《いきお》いよく寄木細工《よせぎざいく》の床《ゆか》へまき散《ち》らしました。そのとたんです、窓《まど》の外《そと》に降《ふ》る雨《あめ》の音《おと》を圧《あっ》して、もう一《ひと》つ変《か》わった雨《あめ》の音《おと》がにわかに床《ゆか》の上《うえ》から起《お》こったのは。というのはまっ赤《か》な石炭《せきたん》の火《ひ》が、わたしのてのひらを離《はな》れると同時《どうじ》に、無数《むすう》の美《うつく》しい金貨《きんか》になって、雨《あめ》のように床《ゆか》の上《うえ》へこぼれ飛《と》んだからなのです。

友人《ゆうじん》たちはみな夢《ゆめ》でも見《み》ているように、ぼうぜんと喝采《かっさい》するのさえも忘《わす》れていました。

「まずちょいとこんなものさ。」

わたしは得意《とくい》の微笑《びしょう》を浮《う》かべながら、静《しず》かにまたもとの椅子《いす》に腰《こし》を下《お》ろしました。

「こりゃみんなほんとうの金貨《きんか》かい。」

あっけにとられていた友人《ゆうじん》の一人《ひとり》が、ようやくこうわたしにたずねたのは、それから五分《ごふん》ばかりたったあとのことです。

「ほんとうの金貨《きんか》さ。うそだと思《おも》ったら、手《て》にとってみたまえ。」

「まさかやけどをするようなことはあるまいね。」

友人《ゆうじん》の一人《ひとり》はおそるおそる、床《ゆか》の上《うえ》の金貨《きんか》を手《て》にとってみましたが、

「なるほどこりゃほんとうの金貨《きんか》だ。おい、給仕《きゅうじ》、ほうきとちりとりとを持《も》ってきて、これをみんな掃《は》き集《あつ》めてくれ。」

給仕《きゅうじ》はすぐに言《い》いつけられたとおり、床《ゆか》の上《うえ》の金貨《きんか》を掃《は》き集《あつ》めて、うずたかくそばのテーブルへ盛《も》り上《あ》げました。友人《ゆうじん》たちはみなそのテーブルのまわりを囲《かこ》みながら、

「ざっと二十万円《まんえん》くらいはありそうだね。」

「いや、もっとありそうだ。きゃしゃなテーブルだった日《ひ》には、つぶれてしまうくらいあるじゃないか。」

「なにしろたいした魔術《まじゅつ》を習《なら》ったものだ。石炭《せきたん》の火《ひ》がすぐに金貨《きんか》になるのだから。」

「これじゃ一週間《いっしゅうかん》とたたないうちに、*岩崎《いわさき》や三井《みつい》にも負《ま》けないような金満家《きんまんか》になってしまうだろう。」

などと、口《くち》ぐちにわたしの魔術《まじゅつ》をほめそやしました。が、わたしはやはり椅子《いす》によりかかったまま、悠然《ゆうぜん》と葉巻《はまき》の煙《けむり》を吐《は》いて、

「いや、ぼくの魔術《まじゅつ》というやつは、いったん欲心《よくしん》を起《お》こしたら、二度《にど》と使《つか》うことができ

岩崎《いわさき》や三井《みつい》 ともに明治以降《めいじいこう》に誕生《たんじょう》した大財閥《だいざいばつ》。なお、岩崎《いわさき》は三菱《みつびし》財閥《ざいばつ》のこと。

ないのだ。だからこの金貨《きんか》にしても、君《きみ》たちが見《み》てしまった上《うえ》は、すぐにまたもとの暖《だん》炉《ろ》の中《なか》へほうりこんでしまおうと思《おも》っている。」

　友人《ゆうじん》たちはわたしの言葉《ことば》を聞《き》くと、言《い》いあわせたように、反対《はんたい》しはじめました。これだけの大金《たいきん》をもとの石炭《せきたん》にしてしまうのは、もったいない話《はなし》だというのです。が、わたしはミスラ君《くん》に約束《やくそく》した手前《てまえ》もありますから、どうしても暖炉《だんろ》にほうりこむと、剛情《ごうじょう》に友人《ゆうじん》たちと争《あらそ》いました。すると、その友人《ゆうじん》たちの中《なか》でも、一番狡猾《いちばんこうかつ》だという評判《ひょうばん》のあるのが、鼻《はな》の先《さき》で、せせら笑《わら》いながら、

「君《きみ》はこの金貨《きんか》をもとの石炭《せきたん》にしようと言《い》う。ぼくたちはまたしたくないと言《い》う。それじゃいつまでたったところで、議論《ぎろん》が干《ひ》ないのは当《あ》たり前《まえ》だろう。そこでぼくが思《おも》うには、この金貨《きんか》を元手《もとで》にして、きみがぼくたちとカルタ*をするのだ。そうしてもし君《きみ》が勝《か》ったなら、石炭《せきたん》にするとも何《なん》にするとも、自由《じゆう》に君《きみ》が始末《しまつ》するがいい。が、もしぼくたちが勝《か》ったなら、金貨《きんか》のままぼくたちへ渡《わた》したまえ。そうすればおたがいの申《もう》し分《ぶん》も立《た》って、しごく満足《まんぞく》だろうじゃないか。」

　それでもわたしはまだ首《くび》をふって、よういにその申《もう》し出《だ》しに賛成《さんせい》しようとはしませんでした。ところがその友人《ゆうじん》は、いよいよあざけるような笑《え》みを浮《う》かべながら、わたしとテーブルの上《うえ》の金貨《きんか》とをずるそうにじろじろ見比《みくら》べて、

「君《きみ》がぼくたちとカルタをしないのは、つまりその金貨《きんか》をぼくたちに取《と》られたくないと思《おも》うからだろう。それなら魔術《まじゅつ》を使《つか》うために、欲心《よくしん》を捨《す》てたとかなんとかいう、せっか

カルタ
トランプのこと。

くの君《きみ》の決心《けっしん》も怪《あや》しくなってくるわけじゃないか。」

「いや、なにもぼくは、この金貨《きんか》が惜《お》しいから石炭《せきたん》にするのじゃない。」

「それならカルタをやりたまえな。」

何度《なんど》もこういうおし問答《もんどう》をくり返《かえ》したあとで、とうとうわたしはその友人《ゆうじん》の言葉《ことば》どおり、テーブルの上《うえ》の金貨《きんか》を元手《もとで》に、どうしてもカルタを闘《たたか》わせなければならないはめに立《た》ちいたりました。もちろん友人《ゆうじん》たちはみな大喜《おおよろこ》びで、すぐにトランプを一組《ひとくみ》取《と》り寄《よ》せると、部屋《へや》のかたすみにあるカルタ机《づくえ》を囲《かこ》みながら、まだためらいがちなわたしを早《はや》く早《はや》くとせき立《た》てるのです。

ですからわたしもしかたがなく、しばらくの間《あいだ》は友人《ゆうじん》たちを相手《あいて》に、いやいやカルタをしていました。が、どういうものか、その夜《よる》に限《かぎ》って、ふだんは格別《かくべつ》カルタ上手《じょうず》でもないわたしが、うそのようにどんどん勝《か》つのです。するとまた妙《みょう》なもので、はじめは気《き》のりもしなかったのが、だんだんおもしろくなりはじめて、ものの十分《じっぷん》とたたないうちに、いつかわたしはいっさいを忘《わす》れて、熱心《ねっしん》にカルタを引《ひ》きはじめました。

友人《ゆうじん》たちは、もとよりわたしから、あの金貨《きんか》を残《のこ》らずまき上《あ》げるつもりで、わざわざカルタをはじめたのですから、こうなるとみなあせりにあせって、ほとんど血相《けっそう》さえ変《か》わるかと思《おも》うほど、夢中《むちゅう》になって勝負《しょうぶ》を争《あらそ》い出《だ》しました。が、いくら友人《ゆうじん》たちがやっきとなっても、わたしは一度《いちど》も負《ま》けないばかりか、とうとうしまいには、あの金貨《きんか》とほぼ同《おな》じほどの金高《きんだか》だけ、わたしの方《ほう》が勝《か》ってしまったじゃありませんか。するとさっきの

人《ひと》の悪《わる》い友人《ゆうじん》が、まるで、気違《きちが》いのような勢《いきお》いで、わたしの前《まえ》に、札《ふだ》をつきつけながら、

「さあ、引《ひ》きたまえ。ぼくはぼくの財産《ざいさん》をすっかり賭《か》ける。地面《じめん》も、家作《かさく》も、馬《うま》も、自動車《どうしゃ》も、一《ひと》つ残《のこ》らず賭《か》けてしまう。その代《か》わり君《きみ》はあの金貨《きんか》のほかに、今《いま》まで君《きみ》が勝《か》った金《かね》をことごとく賭《か》けるのだ。さあ、引《ひ》きたまえ。」

わたしはこの刹那《せつな》に欲《よく》が出《で》ました。テーブルの上《うえ》に積《つ》んである、山《やま》のような金貨《きんか》ばかりか、せっかくわたしが勝《か》った金《かね》さえ、今度運悪《こんどうんわる》く負《ま》けたが最後《さいご》、みな相手《あいて》の友人《ゆうじん》に取《と》られてしまわなければなりません。のみならずこの勝負《しょうぶ》に勝《か》ちさえすれば、わたしは向《む》こうの全財産《ぜんざいさん》を一度《いちど》に手《て》へ入《い》れることができるのです。こんな時《とき》に使《つか》わなければどこに魔術《まじゅつ》などを教《おそ》わった、苦心《くしん》のかいがあるのでしょう。そう思《おも》うとわたしは矢《や》も楯《たて》もたまらなくなって、そっと魔術《まじゅつ》を使《つか》いながら、決闘《けっとう》でもするような勢《いきお》いで、

「よろしい。まず君《きみ》から引《ひ》きたまえ。」

「九《く》。」

「王様《キング》。」

わたしは勝《か》ち誇《ほこ》った声《こえ》を上《あ》げながら、まっさおになった相手《あいて》の眼《め》の前《まえ》へ、引《ひ》きあてた札《ふだ》を出《だ》してみせました。すると不思議《ふしぎ》にもそのカルタの王様《キング》が、まるで魂《たましい》がはいったように、冠《かんむり》をかぶった頭《あたま》をもたげて、ひょいと札《ふだ》の外《そと》へ体《からだ》を出《だ》すと、行儀《ぎょうぎ》よく剣《けん》を持《も》ったまま、にやりと気味《きみ》の悪《わる》い微笑《びしょう》を浮《う》かべて、

「オバアサン。オバアサン。オ客《きゃく》サマハオ帰《かえ》リニナルソウダカラ、寝床《ねどこ》ノ仕度《したく》ハシナク

テモイイヨ。」

と、聞《き》き覚《おぼ》えのある声《こえ》で言《い》うのです。と思《おも》うと、どういうわけか、窓《まど》の外《そと》に降《ふ》る雨脚《あまあし》までが、急《きゅう》にまたあの大森《おおもり》の竹《たけ》やぶにしぶくような、さびしいざんざ降《ぶ》りの音《おと》を立《た》てはじめました。

ふと気《き》がついてあたりを見回《みまわ》すと、わたしはまだうす暗《ぐら》い石油《せきゆ》ランプの光《ひかり》を浴《あ》びながら、まるであのカルタの王《キン》様《グ》のような微笑《びしょう》を浮《う》かべているミスラ君《くん》と、向《む》かいあってすわっていたのです。

わたしが指《ゆび》の間《あいだ》にはさんだ葉巻《はまき》の灰《はい》さえ、やはり落《お》ちずにたまっているところを見《み》ても、わたしが一月《ひとつき》ばかりたったと思《おも》ったのは、ほんの二《に》、三分《さんぷん》の間《あいだ》に見《み》た、夢《ゆめ》だったのに違《ちが》いありません。けれどもその二《に》、三分《さんぷん》の短《みじか》い間《あいだ》

に、わたしがハッサン・カンの魔術《まじゅつ》の秘法《ひほう》を習《なら》う資格《しかく》のない人間《にんげん》だということは、わたし自身《じしん》にもミスラ君《くん》にも、明《あき》らかになってしまったのです。わたしは恥《は》ずかしそうに頭《あたま》を下《さ》げたまま、しばらくは口《くち》もきけませんでした。

「わたしの魔術《まじゅつ》を使《つか》おうと思《おも》ったら、まず欲《よく》を捨《す》てなければなりません。あなたはそれだけの修業《しゅぎょう》ができていないのです。」

ミスラ君《くん》は気《き》の毒《どく》そうな眼《め》つきをしながら、縁《ふち》へ赤《あか》く花模様《はなもよう》を織《お》り出《だ》したテーブルかけの上《うえ》にひじをついて、静《しず》かにこうわたしをたしなめました。

杜《と》子《し》春《しゅん》

一

ある春《はる》の日暮《ひぐ》れです。

*唐《とう》の都洛陽《みやこらくよう》の西《にし》の門《もん》の下《した》に、ぼんやり空《そら》をあおいでいる、一人《ひとり》の若者《わかもの》がありました。

若者《わかもの》は名《な》を杜子春《とししゅん》といって、もとは金持《かねも》ちの息子《むすこ》でしたが、今《いま》は財産《ざいさん》をつかいつくして、その日《ひ》の暮《く》らしにも困《こま》るくらい、あわれな身分《みぶん》になっているのです。

なにしろそのころ洛陽《らくよう》といえば、天下《てんか》に並《なら》ぶもののない、繁盛《はんじょう》を極《きわ》めた都《みやこ》ですから、往来《おうらい》にはまだしっきりなく、人《ひと》や車《くるま》が通《とお》っていました。門《もん》いっぱいに当《あ》たっている、油《あぶら》のような夕日《ゆうひ》の光《ひかり》の中《なか》に、老人《ろうじん》のかぶった*紗《しゃ》の帽子《ぼうし》や、トルコの女《おんな》の金《きん》の耳環《みみわ》や、白馬《しろうま》

唐《とう》　中国《ちゅうごく》の古代《こだい》の国名《こくめい》。

紗《しゃ》　軽《かる》くて薄《うす》い布《ぬの》。

に飾《かざ》った色糸《いろいと》の手綱《たづな》が、絶《た》えず流《なが》れていく様子《ようす》は、まるで画《え》のような美《うつく》しさです。

しかし杜子春《とししゅん》は相変《あいか》わらず、門《もん》の壁《かべ》に身《み》をもたせて、ぼんやり空《そら》ばかりながめていました。空《そら》には、もう細《ほそ》い月《つき》が、うらうらとなびいた霞《かすみ》の中《なか》に、まるで爪《つめ》のあとかと思《おも》うほど、かすかに白《しろ》く浮《う》かんでいるのです。

「日《ひ》は暮《く》れるし、腹《はら》は減《へ》るし、そのうえもうどこへ行《い》っても、泊《と》めてくれる所《ところ》はなさそうだし――こんな思《おも》いをして生《い》きているくらいなら、いっそ川《かわ》へでも身《み》を投《な》げて、死《し》んでしまった方《ほう》がましかもしれない。」

杜子春《とししゅん》は一人《ひとり》さっきから、こんなとりとめもないことを思《おも》いめぐらしていたのです。

するとどこからやってきたか、とつぜん彼《かれ》の前《まえ》へ足《あし》を止《と》めた、*片目《かため》すがめの老人《ろうじん》があります。それが夕日《ゆうひ》の光《ひかり》を浴《あ》びて、大《おお》きな影《かげ》を門《もん》へ落《お》とすと、じっと杜子春《とししゅん》の顔《かお》を見《み》ながら、

「おまえは何《なに》を考《かんが》えているのだ。」

と、横柄《おうへい》に言葉《ことば》をかけました。

「わたしですか。わたしは今夜《こんや》寝《ね》る所《ところ》もないので、どうしたものかと考《かんが》えているのです。」

老人《ろうじん》のたずね方《かた》が急《きゅう》でしたから、杜子春《とししゅん》はさすがに眼《め》を伏《ふ》せて、思《おも》わず正直《しょうじき》な答《こた》えをしました。

「そうか。それはかわいそうだな。」

老人《ろうじん》はしばらく何《なに》ごとか考《かんが》えているようでしたが、やがて、往来《おうらい》にさしている夕日《ゆうひ》の

片目《かため》すがめ 片目《かため》が悪《わる》いこと。今《いま》は使《つか》わない言葉《ことば》。

光《ひかり》を指《ゆび》さしながら、

「ではおれがいいことを一《ひと》つ教《おし》えてやろう。今《いま》この夕日《ゆうひ》の中《なか》に立《た》って、おまえの影《かげ》が地《ち》に映《うつ》ったら、その頭《あたま》に当《あ》たる所《ところ》を夜中《よなか》に掘《ほ》ってみるがいい。きっと車《くるま》にいっぱいの黄金《おうごん》が埋《う》まっているはずだから。」

「ほんとうですか。」

杜子春《とし しゅん》は驚《おどろ》いて、伏《ふ》せていた眼《め》を上《あ》げました。ところがさらに不思議《ふしぎ》なことには、あの老人《ろうじん》はどこへ行《い》ったか、もうあたりにはそれらしい、影《かげ》も形《かたち》も見当《みあ》たりません。その代《か》わり空《そら》の月《つき》の色《いろ》は、前《まえ》よりもなお白《しろ》くなって、休《やす》みない往来《おうらい》の人通《ひとどお》りの上《うえ》には、もう気《き》の早《はや》いこうもりが二《に》、三匹《さんびき》ひらひら舞《ま》っていました。

二

杜子春《としゅん》は一日《いちにち》のうちに、洛陽《らくよう》の都《みやこ》でもただ一人《ひとり》という大金持《おおがねも》ちになりました。あの老人《ろうじん》の言葉《ことば》どおり、夕日《ゆうひ》に影《かげ》を映《うつ》してみて、その頭《あたま》に当《あ》たる所《ところ》を、夜中《よなか》にそっと掘《ほ》ってみたら、大《おお》きな車《くるま》にも余《あま》るくらい、黄金《おうごん》がひと山出《やまで》てきたのです。

大金持《おおがねも》ちになった杜子春《としゅん》は、すぐに立派《りっぱ》な家《うち》を買《か》って、*玄宗皇帝《げんそうこうてい》にも負《ま》けないくらい、ぜいたくな暮《く》らしをしはじめました。蘭陵《らんりょう》の酒《さけ》を買《か》わせるやら、桂州《けいしゅう》の*竜眼肉《りゅうがんにく》をとりよせるやら、日《ひ》に四《よん》たび色《いろ》の変《か》わるぼたんを庭《にわ》に植《う》えさせるやら、白《しろ》くじゃくを何羽《なんわ》も放《はな》

玄宗皇帝《げんそうこうてい》 古代中国《こだいちゅうごく》、唐《とう》の第《だい》六代皇帝《ろくだいこうてい》。

竜眼肉《りゅうがんにく》 ムクロジ科《か》の常緑《じょうりょく》高木《こうぼく》、龍眼《りゅうがん》の種《しゅ》子《し》。甘《あま》みがあり食用《しょくよう》となる。

し飼《が》いにするやら、玉《ぎょく》を集《あつ》めるやら、錦《にしき》を縫《ぬ》わせるやら、香木《こうぼく》の車《くるま》を造《つく》らせるやら、象牙《ぞうげ》の椅子《いす》をあつらえるやら、そのぜいたくをいちいち書《か》いていては、いつになってもこの話《はなし》がおしまいにならないくらいです。

するとこういううわさを聞《き》いて、今《いま》までは路《みち》で行《ゆ》きあっても、あいさつさえしなかった友《とも》だちなどが、朝夕遊《あさゆうあそ》びにやってきました。それも一日《いちにち》ごとに数《かず》が増《ま》して、半年《はんとし》ばかりたつうちには、洛陽《らくよう》の都《みやこ》に名《な》を知《し》られた才子《さいし》や美人《びじん》が多《おお》い中《なか》で、杜子春《とししゅん》の家《うち》へ来《こ》ないものは、一人《ひとり》もないくらいになってしまったのです。

杜子春《とししゅん》はこのお客《きゃく》たちを相手《あいて》に、毎日酒盛《まいにちさかも》りを開《ひら》きました。その酒盛《さかも》りのまた盛《さか》んなことは、なかなか口《くち》にはつくされません。ごくかいつまんだだけをお話《はな》ししても、杜子春《とししゅん》が金《きん》の

杯《さかずき》に西洋《せいよう》から来たぶどう酒《しゅ》をくんで、天竺《てんじく》生まれの魔法使《まほうつか》いが刀《かたな》をのんで見《み》せる芸《げい》に見《み》とれていると、そのまわりには二十人《にん》の女《おんな》たちが、十人《じゅうにん》はひすいのはすの花《はな》を、十人《じゅうにん》はめのうのぼたんの花《はな》を、いずれも髪《かみ》に飾《かざ》りながら、笛《ふえ》や琴《こと》を節《ふし》おもしろく奏《そう》しているという景色《けしき》なのです。

しかしいくら大金持《おおがねも》ちでも、お金《かね》には際限《さいげん》がありますから、さすがにぜいたくやの杜《と》子春《ししゅん》も、一年二年《いちねんにねん》とたつうちには、だんだん貧乏《びんぼう》になりだしました。そうすると人間《にんげん》は薄情《はくじょう》なもので、昨日《きのう》まで毎日《まいにち》来《き》た友《とも》だちも、今日《きょう》は門《もん》の前《まえ》を通《とお》ってさえ、あいさつ一《ひと》つしていきません。ましてとうとう三年目《さんねんめ》の春《はる》、また杜子春《とししゅん》が以前《いぜん》のとおり、一文《いちもん》なしになってみると、広《ひろ》い洛陽《らくよう》の都《みやこ》の中《なか》にも、彼《かれ》に宿《やど》を貸《か》そうという家《うち》は、一軒《いっけん》もなくなってしまいました。いや、宿《やど》を貸《か》すどころか、今《いま》では椀《わん》に一杯《いっぱい》の水《みず》も、恵《めぐ》んでくれるものはないのです。

そこで彼《かれ》はある日《ひ》の夕方《ゆうがた》、もう一度《いちど》あの洛陽《らくよう》の西《にし》の門《もん》の下《した》へ行《い》って、ぼんやり空《そら》をながめながら、とほうに暮《く》れて立《た》っていました。するとやはり昔《むかし》のように、片目《かため》すがめの老人《ろうじん》が、どこからか姿《すがた》を現《あらわ》して、

「おまえは何《なに》を考《かんが》えているのだ。」

と、声《こえ》をかけるではありませんか。

杜子春《とししゅん》は老人《ろうじん》の顔《かお》を見《み》ると、恥《は》ずかしそうに下《した》を向《む》いたまま、しばらくは返事《へんじ》もしませんでした。が、老人《ろうじん》はその日《ひ》も親切《しんせつ》そうに、同《おな》じ言葉《ことば》をくり返《かえ》しますから、こちらも

前《まえ》と同《おな》じように、

「わたしは今夜《こんや》寝《ね》る所《ところ》もないので、どうしたものかと考《かんが》えているのです。」

と、恐《おそ》る恐《おそ》る返事《へんじ》をしました。

「そうか。それはかわいそうだな。ではおれがいいことを一《ひと》つ教《おし》えてやろう。今《いま》この夕《ゆう》日《ひ》の中《なか》へ立《た》って、おまえの影《かげ》が地《ち》に映《うつ》ったら、その胸《むね》に当《あ》たる所《ところ》を、夜中《よなか》に掘《ほ》ってみるがいい。きっと車《くるま》にいっぱいの黄金《おうごん》が埋《う》まっているはずだから。」

老人《ろうじん》はこう言《い》ったと思《おも》うと、今度《こんど》もまた人《ひと》ごみの中《なか》へ、かき消《け》すようにかくれてしまいました。

杜子春《とししゅん》はその翌日《よくじつ》から、たちまち天下第一《てんかだいいち》の大金持《おおがねも》ちにかえりました。と同時《どうじ》に相変《あいか》わらず、しほうだいなぜいたくをしはじめました。庭《にわ》に咲《さ》いているぼたんの花《はな》、その中《なか》に眠《ねむ》っている白《しろ》くじゃく、それから刀《かたな》をのんで見《み》せる、天竺《てんじく》から来《き》た魔法使《まほうつか》い——すべてが昔《むかし》のとおりなのです。

ですから車《くるま》にいっぱいあった、あのおびただしい黄金《おうごん》も、また三年《さんねん》ばかりたつうちには、すっかりなくなってしまいました。

三

「おまえは何《なに》を考《かんが》えているのだ。」

片目《かため》すがめの老人《ろうじん》は、三度《みたび》杜子春《としゅん》の前《まえ》へ来《き》て、同《おな》じことを問《と》いかけました。もちろん彼《かれ》はその時《とき》も、洛陽《らくよう》の西《にし》の門《もん》の下《した》に、ほそぼそと霞《かすみ》を破《やぶ》っている三日月《みかづき》の光《ひかり》をながめながら、ぼんやりたたずんでいたのです。

「わたしですか。わたしは今夜《こんや》寝《ね》る所《ところ》もないので、どうしようかと思《おも》っているのです。」

「そうか。それはかわいそうだな。ではおれがいいことを教《おし》えてやろう。今《いま》この夕日《ゆうひ》の中《なか》へ立《た》って、おまえの影《かげ》が地《ち》に映《うつ》ったら、その腹《はら》に当《あ》たる所《ところ》を、夜中《よなか》に掘《ほ》ってみるがいい。きっと車《くるま》にいっぱいの——」

老人《ろうじん》がここまで言《い》いかけると、杜子春《としゅん》は急《きゅう》に手《て》をあげて、その言葉《ことば》をさえぎりました。

「いや、お金《かね》はもういらないのです。」

「金《かね》はもういらない？　ははあ、ではぜいたくをするにはとうとう飽《あ》きてしまったとみえるな。」

老人《ろうじん》はいぶかしそうな眼《め》つきをしながら、じっと杜子春《としゅん》の顔《かお》を見《み》つめました。

「なに、ぜいたくに飽《あ》きたのじゃありません。人間《にんげん》というものに愛想《あいそ》がつきたのです。」

杜子春《としゅん》は不平《ふへい》そうな顔《かお》をしながら、つっけんどんにこう言《い》いました。

「それはおもしろいな。どうしてまた人間《にんげん》に愛想《あいそ》がつきたのだ？」

「人間《にんげん》はみな薄情《はくじょう》です。わたしが大金持《おおがねも》ちになった時《とき》には、世辞《せじ》も追従《ついしょう》もしますけれど、いったん貧乏《びんぼう》になってごらんなさい。やさしい顔《かお》さえもしてみせはしません。そんなことを考《かんが》えると、たといもう一度《いちど》大金持《おおがねも》ちになったところが、何《なん》にもならないような気《き》がするのです。」

老人《ろうじん》は杜子春《とししゅん》の言葉《ことば》を聞《き》くと、急《きゅう》ににやにや笑《わら》い出《だ》しました。

「そうか。いや、おまえは若《わか》い者《もの》に似合《にあ》わず、感心《かんしん》に物《もの》のわかる男《おとこ》だ。ではこれからは貧乏《びんぼう》をしても、安《やす》らかに暮《く》らしてゆくつもりか。」

杜子春《とししゅん》はちょいとためらいました。が、すぐに思《おも》いきった眼《め》をあげると、訴《うった》えるように老人《ろうじん》の顔《かお》を見《み》ながら、

「それも今《いま》のわたしにはできません。ですからわたしはあなたの弟子《でし》になって、*仙術《せんじゅつ》の修業《しゅぎょう》をしたいと思《おも》うのです。いいえ、隠《かく》してはいけません。あなたは道徳《どうとく》の高《たか》い仙人《せんにん》でしょう。仙人《せんにん》でなければ、一夜《いちや》のうちにわたしを天下第一《てんかだいいち》の大金持《おおがねも》ちにすることはできないはずです。どうかわたしの先生《せんせい》になって、不思議《ふしぎ》な仙術《せんじゅつ》を教《おし》えてください。」

老人《ろうじん》は眉《まゆ》をひそめたまま、しばらくはだまって、何《なに》ごとか考《かんが》えているようでしたが、やがてまたにっこり笑《わら》いながら、

「いかにもおれは*峨眉山《がびさん》にすんでいる、鉄冠子《てっかんし》という仙人《せんにん》だ。はじめおまえの顔《かお》を見《み》た時《とき》、どこか物《もの》わかりがよさそうだったから、二度《にど》まで大金持《おおがねも》ちにしてやったのだが、それほど仙人《せんにん》になりたければ、おれの弟子《でし》にとり立《た》ててやろう。」

と、こころよく願《ねが》いをいれてくれました。

杜子春《としつしゅん》は喜《よろこ》んだの、喜《よろこ》ばないのではありません。老人《ろうじん》の言葉《ことば》がまだ終《お》わらないうちに、彼《かれ》は大地《だいち》に額《ひたい》をつけて、何度《なんど》も鉄冠子《てっかんし》におじぎをしました。

仙術《せんじゅつ》
仙人《せんにん》が使《つか》う術《じゅつ》。

峨眉山《がびさん》
中国《ちゅうごく》の四川省《しせんしょう》にある、仙人《せんにん》が住《す》むといわれる山《やま》。

「いや、そうお礼《れい》などは言《い》ってもらうまい。いくらおれの弟子《でし》にしたところで、りっぱな仙人《せんにん》になれるかなれないかは、おまえ次第《しだい》できまることだからな。——が、ともかくもまずおれといっしょに、峨眉山《がびさん》の奥《おく》へ来《き》てみるがいい。おお、さいわい、ここに竹杖《たけづえ》が一本《いっぽん》落《お》ちている。ではさっそくこれへ乗《の》って、ひと飛《と》びに空《そら》を渡《わた》るとしよう。」

鉄冠子《てっかんし》はそこにあった青竹《あおだけ》を一本《いっぽん》拾《ひろ》いあげると、口《くち》のうちに呪文《じゅもん》を唱《とな》えながら、杜子《とし》春《しゅん》といっしょにその竹《たけ》へ、馬《うま》にでも乗《の》るようにまたがりました。すると不思議《ふしぎ》ではありませんか。竹杖《たけづえ》はたちまち竜《りゅう》のように、勢《いきお》いよく大空《おおぞら》へ舞《ま》いあがって、晴《は》れわたった春《はる》の夕空《ゆうぞら》を峨眉山《がびさん》の方角《ほうがく》へ飛《と》んでいきました。

杜子春《とししゅん》は胆《きも》をつぶしながら、恐《おそ》る恐《おそ》る下《した》を見下《みお》ろしました。が、下《した》にはただ青《あお》い山々《やまやま》が夕明《ゆうあ》かりの底《そこ》に見《み》えるばかりで、あの洛陽《らくよう》の都《みやこ》の西《にし》の門《もん》は、(とうに霞《かすみ》にまぎれたのでしょう。)どこを探《さが》しても見当《みあ》たりません。そのうちに鉄冠子《てっかんし》は、白《しろ》い鬢《びん》の毛《け》を風《かぜ》に吹《ふ》かせて、高《たか》らかに歌《うた》を唱《うた》い出《だ》しました。

朝《あした》に北海《ほっかい》に遊《あそ》び、暮《くれ》には蒼梧《そうご》。
袖裏《しゅうり》の青蛇《せいだ》、胆気粗《たんきそ》なり。
三《み》たび岳陽《がくよう》に入《い》れども、人識《ひとし》らず。
朗吟《ろうぎん》して、飛過《ひか》す洞庭湖《どうていこ》。

四

二人《ふたり》を乗《の》せた青竹《あおだけ》は、まもなく峨眉山《がびさん》へ舞《ま》い下《さ》がりました。

そこは深《ふか》い谷《たに》にのぞんだ、幅《はば》の広《ひろ》い一枚岩《いちまいいわ》の上《うえ》でしたが、よくよく高《たか》い所《ところ》だとみえて、中空《なかぞら》に垂《た》れた*北斗《ほくと》の星《ほし》が、茶碗《ちゃわん》ほどの大《おお》きさに光《ひか》っていました。もとより人跡《じんせき》の絶《た》えた山《やま》ですから、あたりはしんと静《しず》まり返《かえ》って、やっと耳《みみ》にはいるものは、後《うし》ろの絶壁《ぜっぺき》に生《は》えている、曲《ま》がりくねった一株《ひとかぶ》の松《まつ》が、こうこうと夜風《よかぜ》に鳴《な》る音《おと》だけです。

二人《ふたり》がこの岩《いわ》の上《うえ》に来《く》ると、鉄冠子《てっかんし》は杜子春《とししゅん》を絶壁《ぜっぺき》の下《した》にすわらせて、

「おれはこれから天上《てんじょう》へ行《い》って、*西王母《せいおうぼ》にお眼《め》にかかってくるから、おまえはその間《あいだ》ここにすわって、おれの帰《かえ》るのを待《ま》っているがいい。たぶんおれがいなくなると、いろいろな魔性《ましょう》が現《あらわ》れて、おまえをたぶらかそうとするだろうが、たといどんなことが起《お》ころうとも、決《けっ》して声《こえ》を出《だ》すのではないぞ。もし一言《ひとこと》でも口《くち》をきいたら、おまえはとうてい仙人《せんにん》にはなれないものだと覚悟《かくご》をしろ。いいか。天地《てんち》が裂《さ》けても、だまっているのだぞ。」

と言《い》いました。

「大丈夫《だいじょうぶ》です。決《けっ》して声《こえ》なぞは出《だ》しはしません。命《いのち》がなくなっても、だまっています。」

「そうか。それを聞《き》いて、おれも安心《あんしん》した。ではおれは行《い》ってくるから。」

北斗《ほくと》の星《ほし》 北極星《ほっきょくせい》。

西王母《せいおうぼ》 中国神話《ちゅうごくしんわ》の女神《めがみ》。仙人《せんにん》の修行《しゅぎょう》を終《お》えた者《もの》は西王母《せいおうぼ》から免許状《めんきょじょう》をもらうといわれる。

老人《ろうじん》は杜子春《とししゅん》に別《わか》れを告《つ》げると、またあの竹杖《たけづえ》にまたがって、夜目《よめ》にも削《けず》ったような山々《やまやま》の空《そら》へ、一文字《いちもんじ》に消《き》えてしまいました。

杜子春《とししゅん》はたった一人《ひとり》、岩《いわ》の上《うえ》にすわったまま、静《しず》かに星《ほし》をながめていました。するとかれこれ半時《はんとき》ばかりたって、深山《しんざん》の夜気《やき》が肌寒《はださむ》く薄《うす》い着物《きもの》にとおり出《だ》したころ、とつぜん空中《くうちゅう》に声《こえ》があって、

「そこにいるのはなにものだ。」

と、叱《しか》りつけるではありませんか。

しかし杜子春《とししゅん》は仙人《せんにん》の教《おし》えどおり、なんとも返事《へんじ》をしずにいました。

ところがまたしばらくすると、やはり同《おな》じ声《こえ》が響《ひび》いて、

「返事《へんじ》をしないとたちどころに、命《いのち》はないものと覚悟《かくご》しろ。」

と、いかめしくおどしつけるのです。

杜子春《とししゅん》はもちろんだまっていました。

と、どこから登《のぼ》ってきたか、らんらんと眼《め》を光《ひか》らせた虎《とら》が一匹《いっぴき》、こつぜんと岩《いわ》の上《うえ》におどりあがって、杜子春《としゅん》の姿《すがた》をにらみながら、一声高《ひとこえたか》くたけりました。のみならずそれと同時《どうじ》に、頭《あたま》の上《うえ》の松《まつ》の枝《えだ》が、はげしくざわざわ揺《ゆ》れたと思《おも》うと、後《うし》ろの絶壁《ぜっぺき》のいただきからは、四斗樽《しとだる》ほどの白蛇《はくだ》が一匹《いっぴき》、ほのおのような舌《した》を吐《は》いて、みるみる近《ちか》くへ下《お》りてくるのです。

杜子春《としゅん》はしかし平然《へいぜん》と、まゆげも動《うご》かさずにすわっていました。

虎《とら》と蛇《へび》とは、一《ひと》つえじきを狙《ねら》って、たがいにすきでもうかがうのか、しばらくはにらみあいの体《てい》でしたが、やがてどちらが先《さき》ともなく、一時《いちじ》に杜子春《とししゅん》に飛《と》びかかりました。が虎《とら》の牙《きば》にかまれるか、蛇《へび》の舌《した》にのまれるか、杜子春《とししゅん》の命《いのち》はまたたくうちに、なくなってしまうと思《おも》った時《とき》、虎《とら》と蛇《へび》とは霧《きり》のごとく、夜風《よかぜ》とともに消《き》えうせて、あとにはただ、絶壁《ぜっぺき》の松《まつ》が、さっきのとおりこうこうと枝《えだ》を鳴《な》らしているばかりなのです。杜子春《とししゅん》はほっと一息《ひといき》しながら、今度《こんど》はどんなことが起《お》こるかと、心待《こころま》ちに待《ま》っていました。

すると*一陣《いちじん》の風《かぜ》が吹《ふ》き起《お》こって、墨《すみ》のような黒雲《くろくも》が一面《いちめん》にあたりをとざすやいなや、うす紫《むらさき》の稲妻《いなずま》がやにわに闇《やみ》を二《ふた》つに裂《さ》いて、すさまじく雷《らい》が鳴《な》り出《だ》しました。いや、雷《らい》ばかりではありません。それといっしょにたきのような雨《あめ》も、いきなりどうどうと降《ふ》り出《だ》したのです。杜子春《とししゅん》はこの天変《てんぺん》の中《なか》に、恐《おそ》れ気《げ》もなくすわっていました。風《かぜ》の音《おと》、雨《あめ》のしぶき、それから絶《た》え間《ま》ない稲妻《いなずま》の光《ひかり》、――しばらくはさすがの峨眉山《がびさん》も、くつがえるかと思《おも》うくらいでしたが、そのうちに耳《みみ》をもつんざくほど、大《おお》きな雷鳴《らいめい》がとどろいたと思《おも》うと、空《そら》に渦巻《うずま》いた黒雲《くろくも》の中《なか》から、まっ赤《か》な一本《いっぽん》の火柱《ひばしら》が、杜子春《とししゅん》の頭《あたま》へ落《お》ちかかりました。

杜子春《とししゅん》は思《おも》わず耳《みみ》をおさえて、一枚岩《いちまいいわ》の上《うえ》へひれ伏《ふ》しました。が、すぐに眼《め》を開《ひら》いてみると、空《そら》は以前《いぜん》のとおり晴《は》れわたって、むこうにそびえた山々《やまやま》の上《うえ》にも、茶碗《ちゃわん》ほどの北斗《ほくと》の星《ほし》が、やはりきらきら輝《かがや》いています。してみれば今《いま》の大《おお》あらしも、あの虎《とら》や白蛇《はくだ》と同《おな》じように、鉄冠子《てっかんし》のるすをつけこんだ、魔性《ましょう》のいたずらに違《ちが》いありません。杜子春《とししゅん》

一陣《いちじん》の風《かぜ》 さっとひと吹《ふ》きする風《かぜ》。

はようやく安心《あんしん》して、額《ひたい》の冷《ひ》や汗《あせ》をぬぐいながら、また岩《いわ》の上《うえ》にすわり直《なお》しました。

が、そのため息《いき》がまだ消《き》えないうちに、今度《こんど》は彼《かれ》のすわっている前《まえ》へ、金《きん》の鎧《よろい》を着下《きくだ》した、*身《み》の丈三丈《たけさんじょう》もあろうという、おごそかな神将《しんしょう》が現《あらわ》れました。神将《しんしょう》は手《て》に三叉《みつまた》のほこを持《も》っていましたが、いきなりそのほこの切《き》っ先《さき》を杜子春《とししゅん》の胸《むな》もとへ向《む》けながら、眼《め》をいからせて叱《しか》りつけるのを聞《き》けば、

「こら、その方《ほう》はいったいなにものだ。この峨眉山《がびさん》という山《やま》は、*天地開闢《てんちかいびゃく》の昔《むかし》から、おれが住居《すまい》をしている所《ところ》だぞ。それをはばからずたった一人《ひとり》、ここへ足《あし》をふみ入《い》れるとは、よもやただの人間《にんげん》ではあるまい。さあ命《いのち》が惜《お》しかったら、一刻《いっこく》も早《はや》く返答《へんとう》しろ。」

と言《い》うのです。

しかし杜子春《とししゅん》は老人《ろうじん》の言葉《ことば》どおり、黙然《もくねん》と口《くち》をつぐんでいました。

「返事《へんじ》をしないか。——しないな。よし。しなければ、しないで勝手《かって》にしろ。その代《か》わりおれの*眷属《けんぞく》たちが、その方《ほう》をずたずたに斬《き》ってしまうぞ。」

神将《しんしょう》はほこを高《たか》く挙《あ》げて、むこうの山《やま》の空《そら》を招《まね》きました。そのとたんに闇《やみ》がさっと裂《さ》けると、驚《おどろ》いたことには、無数《むすう》の神兵《しんぺい》が、雲《くも》のごとく空《そら》にみちみちて、それがみな槍《やり》や刀《かたな》をきらめかせながら、今《いま》にもここへ一《ひと》なだれに攻《せ》め寄《よ》せようとしているのです。

この景色《けしき》を見《み》た杜子春《とししゅん》は、思《おも》わずあっと叫《さけ》びそうにしましたが、すぐにまた鉄冠子《てっかんし》の言葉《ことば》を思《おも》い出《だ》して、一生懸命《いっしょうけんめい》にだまっていました。神将《しんしょう》は彼《かれ》が恐《おそ》れないのを見《み》ると、怒《おこ》ったの怒《おこ》らないのではありません。

身《み》の丈三丈《たけさんじょう》
背《せ》の高《たか》さ約九《やくきゅう》メートル。一丈《いちじょう》は約三《やくさん》メートル。

天地開闢《てんちかいびゃく》
世界《せかい》の始《はじ》まりのこと。

眷属《けんぞく》
家来《けらい》のこと。

「このごう情者《じょうもの》め。どうしても返事《へんじ》をしなければ、約束《やくそく》どおり命《いのち》はとってやるぞ。」

神将《しんしょう》はこうわめくが早《はや》いか、三叉《みつまた》のほこをひらめかせて、一突《ひとつ》きに杜子春《とししゅん》を突《つ》き殺《ころ》しました。そうして峨眉山《がびさん》もどよむほど、からからと高《たか》く笑《わら》いながら、どこともなく消《き》えてしまいました。もちろんこの時《とき》はもう無数《むすう》の神兵《しんぺい》も、吹《ふ》きわたる夜風《よかぜ》の音《おと》といっしょに、夢《ゆめ》のように消《き》えうせたあとだったのです。

北斗《ほくと》の星《ほし》はまた寒《さむ》そうに、一枚岩《いちまいいわ》の上《うえ》を照《て》らしはじめました。絶壁《ぜっぺき》の松《まつ》も前《まえ》に変《か》わらず、こうこうと枝《えだ》を鳴《な》らせています。が、杜子春《とししゅん》はとうに息《いき》が絶《た》えて、仰向《あおむ》けにそこへたおれていました。

五

杜子春《とししゅん》の体《からだ》は岩《いわ》の上《うえ》へ、仰向《あおむ》けにたおれていましたが、杜子春《とししゅん》の魂《たましい》は、静《しず》かに体《からだ》からぬけ出《だ》して、地獄《じごく》の底《そこ》へ下《お》りていきました。

この世《よ》と地獄《じごく》との間《あいだ》には、*闇穴道《あんけつどう》という道《みち》があって、そこは年《ねん》じゅう暗《くら》い空《そら》に、氷《こおり》のような冷《つめ》たい風《かぜ》がぴゅうぴゅう吹《ふ》きすさんでいるのです。杜子春《とししゅん》はその風《かぜ》に吹《ふ》かれながら、しばらくはただ木《こ》の葉《は》のように、空《そら》をただよっていきましたが、やがて森羅殿《しんらでん》という額《がく》のかかったりっぱな御殿《ごてん》の前《まえ》へ出《で》ました。

御殿《ごてん》の前《まえ》にいたおおぜいの鬼《おに》は、杜子春《とししゅん》の姿《すがた》を見《み》るやいなや、すぐにそのまわりをと

闇穴道《あんけつどう》 重罪人《じゅうざいにん》が死後《しご》に送《おく》られる果羅国《からこく》というところへ行《い》く真《ま》っ暗《くら》な道《みち》。

りまいて、階《きざはし》の前《まえ》へ引《ひ》きすえました。階《きざはし》の上《うえ》には一人《ひとり》の王《おう》さまが、まっ黒《くろ》なきものに金《きん》の冠《かんむり》をかぶって、いかめしくあたりをにらんでいます。これはかねてうわさに聞《き》いた、*閻魔大王《えんまだいおう》に違《ちが》いありません。杜子春《とししゅん》はどうなることかと思《おも》いながら、恐《おそ》る恐《おそ》るそこへひざまずいていました。

「こら、その方《ほう》は何《なん》のために、峨眉山《がびさん》の上《うえ》へすわっていた？」

閻魔大王《えんまだいおう》の声《こえ》は雷《かみなり》のように、階《きざはし》の上《うえ》から響《ひび》きました。杜子春《とししゅん》はさっそくその問《と》いに答《こた》えようとしましたが、ふとまた思《おも》い出《だ》したのは、「決《けっ》して口《くち》をきくな。」という鉄冠子《てっかんし》のいましめの言葉《ことば》です。そこでただ頭《かしら》を垂《た》れたまま、おしのように黙《だま》っていました。すると閻魔大王《えんまだいおう》は、持《も》っていた鉄《てつ》の*笏《しゃく》をあげて、顔《かお》じゅうのひげを逆立《さかだ》てながら、

「その方《ほう》はここをどこだと思《おも》う？　すみやかに返答《へんとう》をすればよし、さもなければ時《とき》を移《うつ》さず、地獄《じごく》の呵責《かしゃく》にあわせてくれるぞ。」

と、威丈高《いたけだか》にののしりました。

が、杜子春《とししゅん》は相変《あいか》わらずくちびる一《ひと》つ動《うご》かしません。それを見《み》た閻魔大王《えんまだいおう》は、すぐに鬼《おに》どもの方《ほう》を向《む》いて、あらあらしく何《なに》か言《い》いつけると、鬼《おに》どもは一度《いちど》にかしこまって、たちまち杜子春《とししゅん》を引《ひ》き立《た》てながら、森羅殿《しんらでん》の空《そら》へ舞《ま》いあがりました。

地獄《じごく》にはだれでも知《し》っているとおり、剣《つるぎ》の山《やま》や血《ち》の池《いけ》のほかにも、焦熱地獄《しょうねつじごく》というほのおの谷《たに》や極寒地獄《ごっかんじごく》という氷《こおり》の海《うみ》が、まっ暗《くら》な空《そら》の下《した》に並《なら》んでいます。鬼《おに》どもはそういう地獄《じごく》の中《なか》へ、かわるがわる杜子春《とししゅん》をほうりこみました。

閻魔大王《えんまだいおう》
仏教《ぶっきょう》の地獄《じごく》、冥界《めいかい》の王《おう》であり、死者《ししゃ》の生前《せいぜん》の罪《つみ》を裁《さば》く。

笏《しゃく》
昔《むかし》、朝廷《ちょうてい》の公事《こうじ》を行《おこな》うときに持《も》った、細長《ほそなが》い板状《いたじょう》のもの。

ですから杜子春《とししゅん》は無残《むざん》にも、剣《つるぎ》に胸《むね》をつらぬかれるやら、ほのおに顔《かお》を焼《や》かれるやら、舌《した》をぬかれるやら、皮《かわ》をはがれるやら、鉄《てつ》の杵《きね》に突《つ》かれるやら、油《あぶら》の鍋《なべ》に煮《に》られるやら、毒蛇《どくじゃ》に脳味噌《のうみそ》を吸《す》われるやら、熊鷹《くまたか》に眼《め》を食《く》われるやら、——その苦《くる》しみを数《かぞ》え立《た》てていては、とうてい際限《さいげん》がないくらい、あらゆる責苦《せめく》にあわされたのです。それでも杜《と》子春《ししゅん》はがまんづよく、じっと歯《は》を食《く》いしばったまま、一言《ひとこと》も口《くち》をききませんでした。

これにはさすがの鬼《おに》どもも、あきれかえってしまったのでしょう。もう一度《いちど》夜《よる》のような空《そら》を飛《と》んで、森羅殿《しんらでん》の前《まえ》へ帰《かえ》ってくると、さっきのとおり杜子春《とししゅん》を階《きざはし》の下《した》に引《ひ》きすえながら、御殿《ごてん》の上《うえ》の閻魔大王《えんまだいおう》に、

「この罪人《ざいにん》はどうしても、ものを言《い》う気色《けしき》がございません。」

と、口《くち》をそろえて言上《ごんじょう》しました。

閻魔大王《えんまだいおう》はまゆをひそめて、しばらく思案《しあん》に暮《く》れていましたが、やがて何《なに》か思《おも》いついたとみえて、

「この男《おとこ》の父母《ちちはは》は、*畜生道《ちくしょうどう》に落《お》ちているはずだから、さっそくここへ引《ひ》き立《た》ててこい。」

と、一匹《いっぴき》の鬼《おに》に言《い》いつけました。

鬼《おに》はたちまち風《かぜ》に乗《の》って、地獄《じごく》の空《そら》へ舞《ま》いあがりました。と思《おも》うと、また星《ほし》が流《なが》れるように、二匹《にひき》の獣《けもの》を駆《か》り立《た》てながら、さっと森羅殿《しんらでん》の前《まえ》へ下《お》りてきました。その獣《けもの》を見《み》た杜子春《とししゅん》は、驚《おどろ》いたの驚《おどろ》かないのではありません。なぜかといえば二匹《にひき》とも、形《かたち》はみすぼらしいやせ馬《うま》でしたが、顔《かお》は夢《ゆめ》にも忘《わす》れない、死《し》んだ父母《ちちはは》のとおりでしたから。

畜生道《ちくしょうどう》 けだものに変《か》えられて、苦《くる》しみを受《う》けるところ。

「こら、その方《ほう》は何《なん》のために、峨眉山《がびさん》の上《うえ》にすわっていたか、まっすぐに白状《はくじょう》しなければ、今度《こんど》はその方《ほう》の父母《ちちはは》に痛《いた》い思《おも》いをさせてやるぞ。」

杜子春《とししゅん》はこうおどされても、やはり返答《へんとう》をしずにいました。

「この不孝者《ふこうもの》めが。その方《ほう》は父母《ちちはは》が苦《くる》しんでも、その方《ほう》さえ都合《つごう》がよければ、いいと思《おも》っているのだな。」

閻魔大王《えんまだいおう》は森羅殿《しんらでん》もくずれるほど、すさまじい声《こえ》でわめきました。

「打《う》て。鬼《おに》ども。その二匹《にひき》の畜生《ちくしょう》を、肉《にく》も骨《ほね》も打《う》ち砕《くだ》いてしまえ。」

鬼《おに》どもはいっせいに「はっ」と答《こた》えながら、鉄《てつ》のむちをとって立《た》ちあがると、四方八《しほうはっ》方《ぽう》から二匹《にひき》の馬《うま》を、*未練未釈《みれんみしゃく》なく打《う》ちのめしました。むちはりゅうりゅうと風《かぜ》を切《き》って、ところきらわず雨《あめ》のように、馬《うま》の皮肉《ひにく》を打《う》ち破《やぶ》るのです。馬《うま》は、――畜生《ちくしょう》になった父母《ちちはは》は、苦《くる》しそうに身《み》をもだえて、眼《め》には血《ち》の涙《なみだ》を浮《う》かべたまま、見《み》てもいられないほどいななきたてました。

「どうだ。まだその方《ほう》は白状《はくじょう》しないか。」

閻魔大王《えんまだいおう》は鬼《おに》どもに、しばらくむちの手《て》をやめさせて、もう一度《いちど》杜子春《とししゅん》の答《こた》えをうながしました。もうその時《とき》には二匹《にひき》の馬《うま》も、肉《にく》は裂《さ》け骨《ほね》は砕《くだ》けて、息《いき》も絶《た》えだえに階《きざはし》の前《まえ》へ、倒《たお》れ伏《ふ》していたのです。

杜子春《とししゅん》は必死《ひっし》になって、鉄冠子《てっかんし》の言葉《ことば》を思《おも》い出《だ》しながら、かたく眼《め》をつぶっていました。するとその時彼《ときかれ》の耳《みみ》には、ほとんど声《こえ》とは言《い》えないくらい、かすかな声《こえ》が伝《つた》わって

未練未釈《みれんみしゃく》なく 何《なん》のためらいもなく。

きました。

「心配《しんぱい》をおしでない。わたしたちはどうなっても、おまえさえしあわせになれるのなら、それより結構《けっこう》なことはないのだからね。大王《だいおう》がなんとおっしゃっても、言《い》いたくないことはだまっておいで。」

それはたしかになつかしい、母親《ははおや》の声《こえ》に違《ちが》いありません。杜子春《とししゅん》は思《おも》わず、眼《め》をあきました。そうして馬《うま》の一匹《いっぴき》が、力《ちから》なく地上《ちじょう》にたおれたまま、悲《かな》しそうに彼《かれ》の顔《かお》へ、じっと眼《め》をやっているのを見《み》ました。

母親《ははおや》はこんな苦《くる》しみの中《なか》にも、息子《むすこ》の心《こころ》を思《おも》いやって、鬼《おに》どものむちに打《う》たれたことを、うらむ気色《けしき》さえも見《み》せないのです。大金持《おおがねも》ちになればお世辞《せじ》を言《い》い、貧乏人《びんぼうにん》になれば口《くち》もきかない世間《せけん》の人《ひと》たちに比《くら》べると、なんというありがたい志《こころざし》でしょう。なんというけなげな決心《けっしん》でしょう。杜子春《とししゅん》は老人《ろうじん》のいましめも忘《わす》れて、転《まろ》ぶようにそのそばへ走《はし》りよると、両手《りょうて》に半死《はんし》の馬《うま》のくびを抱《だ》いて、はらはらと涙《なみだ》を落《お》としながら、「お母《かあ》さん。」と一声《ひとこえ》叫《さけ》びました。……

六

その声《こえ》に気《き》がついてみると、杜子春《とししゅん》はやはり夕日《ゆうひ》を浴《あ》びて、洛陽《らくよう》の西《にし》の門《もん》の下《した》にぼんやりたたずんでいるのでした。かすんだ空《そら》、白《しろ》い三日月《みかづき》、たえまない人《ひと》や車《くるま》の波《なみ》、――すべてがまだ峨眉山《がびさん》へ、ゆかない前《まえ》と同《おな》じことです。

「どうだな。おれの弟子《でし》になったところが、とても仙人《せんにん》にはなれはすまい。」

片目《かため》すがめの老人《ろうじん》は微笑《びしょう》を含《ふく》みながら言《い》いました。

「なれません。なれませんが、しかしわたしはなれなかったことも、かえってうれしい気《き》がするのです。」

杜子春《とししゅん》はまだ眼《め》に涙《なみだ》を浮《う》かべたまま、思《おも》わず老人《ろうじん》の手《て》をにぎりました。

「いくら仙人《せんにん》になれたところが、わたしはあの地獄《じごく》の森羅殿《しんらでん》の前《まえ》に、むちを受《う》けている父母《ちちはは》を見《み》ては、だまっている訳《わけ》にはいきません。」

「もしおまえがだまっていたら――」

と鉄冠子《てっかんし》は急《きゅう》におごそかな顔《かお》になって、じっと杜子春《とししゅん》を見《み》つめました。

「もしおまえがだまっていたら、おれは即座《そくざ》におまえの命《いのち》を絶《た》ってしまおうと思《おも》っていたのだ。――おまえはもう仙人《せんにん》になりたいという望《のぞ》みも持《も》っていまい。大金持《おおがねも》ちになることは、もとより愛想《あいそ》がつきたはずだ。ではおまえはこれからのち、何《なに》になったらいいと思《おも》うな。」

「何《なに》になっても、人間《にんげん》らしい、正直《しょうじき》な暮《く》らしをするつもりです。」

杜子春《としし ゅん》の声《こえ》には今《いま》までにない晴《は》れ晴《ば》れした調子《ちょうし》がこもっていました。

「その言葉《ことば》を忘《わす》れるなよ。ではおれは今日限《きょうかぎ》り、二度《にど》とおまえにはあわないから。」

鉄冠子《てっかんし》はこう言《い》ううちに、もう歩《ある》き出《だ》していましたが、急《きゅう》にまた足《あし》を止《と》めて、杜子春《としし ゅん》の方《ほう》をふり返《かえ》ると、

「おお、さいわい、今思《いまおも》い出《だ》したが、おれは*泰山《たいざん》の南《みなみ》のふもとに一軒《いっけん》の家《いえ》を持《も》っている。その家《いえ》を畑《はたけ》ごとおまえにやるから、さっそく行《い》って住《す》まうがいい。今《いま》ごろはちょうど家《いえ》のまわりに、桃《もも》の花《はな》が一面《いちめん》に咲《さ》いているだろう。」

と、さも愉快《ゆかい》そうにつけ加《くわ》えました。

泰山《たいざん》 中国山東省《ちゅうごくさんとうしょう》の泰安《たいあん》北方《ほっぽう》にある名山《めいざん》。

年譜			芥川龍之介	できごと
明治	1892	0歳	三月一日、父新原敏三、母フクの長男として、東京市京橋区入船町（現・中央区明石町）に生まれる。辰年、辰月、辰日、辰刻に生まれたので、龍之介と命名される。生後八か月のとき母フクの病のため、龍之介は本所（現・墨田区両国）に住むフクの兄、芥川道章に預けられた。	
	1898	6歳	江東尋常小学校に入学。	
	1902	10歳	回覧雑誌「日の出界」を発行し、自ら編集した。 十一月、母フクが亡くなる。	日英同盟締結。
	1904	12歳	芥川家と正式に養子縁組を結ぶ	日露戦争起こる。
	1905	13歳	東京府立第三中学校（現・都立両国高校）に入学。	ポーツマス条約調印。
	1910	18歳	成績優秀のため無試験で第一高等学校（現・東京大学）に入学。同級に菊池寛、久米正雄、山本有三らがいた。	大逆事件起こる。韓国併合。
大正	1913	21歳	東京帝国大学（現・東京大学）英文科に入学。	
	1914	22歳	「老年」を発表。	第一次世界大戦起こる。
	1915	23歳	＊「**羅生門**」を発表。十一月、夏目漱石の門下生となる。	
	1916	24歳	＊「**鼻**」を発表して、漱石の激賞を得た。「芋粥」「手巾」を発表。 東京帝国大学を卒業。大学院に進学。後に除籍となる。 十二月一日、横須賀の海軍機関学校の嘱託教官となる。住居を鎌倉に移す。 同月九日、夏目漱石死去。	

	1917	25歳	「或日の大石内蔵之助」「戯作三昧」「煙草と悪魔」を発表。	
	1918	26歳	二月、塚本文と結婚。 「地獄変」＊「蜘蛛の糸」「奉教人の死」を発表。	第一次世界大戦終結。
	1919	27歳	大阪毎日新聞社に特別社員として入社。 「毛利先生」「犬と笛」「私の出遭った事」（＊蜜柑、沼地）「妖婆」を発表。	ベルサイユ条約締結。
	1920	28歳	＊「魔術」「舞踏会」「杜子春」を発表。 長男比呂志生まれる。	
	1921	29歳	「アグニの神」を発表。 三～七月、大阪毎日新聞社の海外視察員として中国に特派される。	
	1922	30歳	「藪の中」＊「トロッコ」を発表。 二男多加志生まれる。	ソビエト連邦成立。
	1923	31歳	「雛」「お時宜」を発表。	関東大震災起こる。
	1524	32歳	「一塊の土」「桃太郎」を発表。	
	1925	33歳	「大道寺信輔の半生」を発表。 三男也寸志生まれる。	治安維持法成立。
大正 昭和	1926	34歳	「点鬼簿」を発表。 この頃より、神経衰弱が高じて不眠症に陥る。	
昭和	1927	35歳	「玄鶴山房」「蜃気楼」「河童」を発表。 七月二十四日未明、自宅で自らの命を絶つ。 遺稿として「歯車」「或阿呆の一生」「続西方の人」などが残される。	

「芥川龍之介《あくたがわりゅうのすけ》」文学《ぶんがく》の世界《せかい》

庄司達也《しょうじたつや》
（横浜市立大学《よこはましりつだいがく》教授《きょうじゅ》）

1927年《ねん》5月《がつ》23日《にち》に旧制新潟高校《きゅうせいにいがたこうこう》で撮《と》られた、現存《げんそん》する生前最後《せいぜんさいご》の写真《しゃしん》。

実母《じつぼ》フクと（1892年《ねん》）。

1892年《ねん》～1927年《ねん》
現在《げんざい》の東京都中央区《とうきょうとちゅうおうく》
明石町《あかしちょう》生まれ

芥川龍之介《あくたがわりゅうのすけ》は、一八九二（明治《めいじ》二五）年《ねん》三月一日《がつついたち》に、牛乳搾取業《ぎゅうにゅうさくしゅぎょう》を営《いとな》んでいた父《ちち》・新原敏三《にいはらとしぞう》と母《はは》・フクの長男《ちょうなん》として、東京市京橋区入船町《とうきょうしきょうばしくいりふねちょう》（現《げん》、中央区明石町《ちゅうおうくあかしちょう》）で生《う》まれました。辰年《たつどし》、辰月《たつのつき》、辰日《たつのひ》、辰《たつ》の刻《こく》に生《う》まれたことから「龍之介《りゅうのすけ》」と名付《なづ》けられたそうです。敏三《としぞう》は周防国《すおうのくに》の生見村《いきみむら》（現《げん》、山口県岩国市《やまぐちけんいわくにし》）の農家《のうか》の長男《ちょうなん》、フクは江戸城《えどじょう》でお茶坊主《ちゃぼうず》をしていた士《し》族《ぞく》の家柄《いえがら》の四女《よんじょ》でした。芥川《あくたがわ》は、後年《こうねん》、「紫山《しざん》」という自分《じぶん》をモデルにした未発表《みはっぴょう》の作品《さくひん》で「幸《さいわ》いにも純一無雑《じゅんいつむざつ》に江戸《えど》っ児《こ》の血《ち》ばかり受《う》けた訣《わけ》ではない。

幼少期《ようしょうき》の龍之介《りゅうのすけ》
（実家《じっか》の新原家《にいはらけ》にて）。

実父《じっぷ》の新原敏三《にいはらとしぞう》が経営《けいえい》する耕牧舎《こうぼくしゃ》の新宿支店《しんじゅくしてん》。約《やく》6000坪《つぼ》の広《ひろ》さがあった。『牛乳《ぎゅうにゅう》の用法《ようほう》』（1904年《ねん》11月《がつ》、耕牧舎《こうぼくしゃ》）より。

大学時代《だいがくじだい》の聴講《ちょうこう》ノート（大塚保治《おおつかやすじ》「欧州近世《おうしゅうきんせい》文芸史《ぶんげいし》」）表紙《ひょうし》。左《ひだり》は同《どう》ノートに描《えが》かれたイタズラ書《が》き。

一半《いっぱん》は維新《いしん》の革命《かくめい》に参《さん》した長州人《ちょうしゅうじん》の血《ち》もまじっている」と綴《つづ》っています。自分《じぶん》の出自《しゅつじ》についての関心《かんしん》の在《あ》り方《かた》がわかる文章《ぶんしょう》です。

芥川は、生後八《せいごはち》ヶ月《げつ》くらいで母《はは》の病《やまい》のために母方《ははかた》の伯父《おじ》芥川道章《あくたがわどうしょう》に預《あず》けられ、両国《りょうごく》で暮《く》らすことになりました。近《ちか》くのお寺《てら》の回向院《えこういん》や大川《おおかわ》（隅田川《すみだがわ》のこと）などでもよく遊《あそ》んだことが作品《さくひん》にもしばしば取《と》り上《あ》げられています。江東尋常小学校《こうとうじんじょうしょうがっこう》（現《げん》、両国小《りょうごくしょう》学校《がっこう》）、東京府立第三中学校《とうきょうふりつだいさんちゅうがっこう》（現《げん》、都立両国高校《とりつりょうごくこうこう》）と進《すす》みましたが、この間《かん》、芥川家《あくたがわけ》との養子縁組《ようしえんぐみ》がなされ、正式《せいしき》に芥川龍之介《あくたがわりゅうのすけ》となりました。ただし、芥《あく》川《がわ》は成長《せいちょう》してからも芝区《しばく》（現《げん》、港区《みなとく》）にあった新原《にいはら》家《け》にもよく通《かよ》っていたようで、友人《ゆうじん》への手紙《てがみ》などにもそのことが書《か》かれています。一九一〇（明治《めいじ》四三）年《ねん》、第一高等学校《だいいちこうとうがっこう》（現《げん》、東京大学《とうきょうだいがく》）に入学《にゅうがく》。この年《とし》の秋《あき》、敏三《としぞう》が経営《けいえい》する耕牧舎《こうぼくしゃ》の新宿《しんじゅく》にある六千坪《つぼ》の牧場《ぼくじょう》の脇《わき》に建《た》つ家《いえ》に一家《いっか》で引《ひ》っ越《こ》しました。このようなことからも、実家《じっか》と養家《ようか》の二《ふた》つの家《いえ》が良好《りょうこう》な関《かん》係《けい》を保《たも》っていたことがうかがわれます。

東京帝国大学卒業《とうきょうていこくだいがくそつぎょう》
アルバムより。

田端《たばた》の家《いえ》の復元模型《ふくげんもけい》。内部《ないぶ》も精巧《せいこう》に復元《ふくげん》されている（田端文士村記《たばたぶんしむらき》念館製作《ねんかんせいさく》）。

第《だい》1創作集《そうさくしゅう》『羅生門《らしょうもん》』の表紙《ひょうし》。
龍之介《りゅうのすけ》が自《みずか》ら装丁《そうてい》した。

芥川《あくたがわ》は、子供《こども》の頃《ころ》からお話《はなし》を作《つく》ったり、読《よ》んだりすることが好《す》きで、小学校時代《しょうがっこうじだい》には同級生《どうきゅうせい》たちと『日《ひ》の出界《でかい》』という雑誌《ざっし》を出《だ》し、龍雨《りゅうう》、渓水《けいすい》などの号《ごう》を使《つか》い、表紙絵《ひょうしえ》やカット画《が》なども描《えが》いていました。

また、身体《からだ》を動《うご》かすことも好《この》み、夏《なつ》には隅田川《すみだかわ》にあった水練場《すいれんじょう》で泳《およ》ぎを教《おそ》わったり、中学生《ちゅうがくせい》や高校生《こうこうせい》の時《とき》には、友人《ゆうじん》たちと東京《とうきょう》の奥多摩《おくたま》や青梅《おうめ》へと徒歩旅行《とほりょこう》などにもよく出《で》かけたりしています。

その後《ご》、芥川《あくたがわ》が東京帝国大学《とうきょうていこくだいがく》（現《げん》、東京大学《とうきょうだいがく》）の学生《がくせい》であった一九一四（大正三《たいしょう》）年《ねん》に、郊外《こうがい》の滝《たき》野《の》川町《がわちょう》大字《おおあざ》田端《たばた》（現《げん》、北区田端《きたくたばた》）に引《ひ》っ越《こ》しました。以後《いご》、芥川《あくたがわ》の作品《さくひん》たちは、この家《いえ》の書斎《しょさい》から生《う》み出《だ》されていったのです。ちなみに、JR田端駅前《たばたえきまえ》にある田端文士村記念館《たばたぶんしむらきねんかん》には、この家《いえ》の精密《せいみつ》な模型《もけい》が展示《てんじ》されており、芥川晩年《あくたがわばんねん》の一家《いっか》の様子《ようす》が再現《さいげん》されています。

一九一五（大正四《たいしょう》）年《ねん》一一月《がつ》、友人《ゆうじん》の紹介《しょうかい》で夏目漱石《なつめそうせき》に師事《しじ》します。

一九一六（大正五《たいしょう》）年《ねん》二月《がつ》、大学《だいがく》の仲間《なかま》を中心《ちゅうしん》に

結婚式《けっこんしき》の日《ひ》に妻《つま》・塚本文《つかもとふみ》と（1918年《ねん》2月《がつ》2日《か》）。披露《ひろう》宴《えん》は田端《たばた》の料亭天然自笑軒《りょうていてんねんじしょうけん》にて催《もよお》された。

結婚式当日《けっこんしきとうじつ》、実家《じっか》の新《にい》原家《はらけ》、養家《ようか》の芥川家《あくたがわけ》の家族《かぞく》と共《とも》に。後列右端《こうれつみぎはし》が龍之介《りゅうのすけ》。

第《だい》1創作集《そうさくしゅう》『羅生門《らしょうもん》』の出版記念会《しゅっぱんきねんかい》（1917年《ねん》6月《がつ》27日《か》）。
左手前《ひだりてまえ》が龍之介《りゅうのすけ》。

雑誌《ざっし》第《だい》四次《じ》『新思潮《しんしちょう》』を創刊《そうかん》し、作品《さくひん》「鼻《はな》」を発表《はっぴょう》しました。夏目漱石《なつめそうせき》に激賞《げきしょう》され、一躍《いちやく》、文壇《ぶんだん》でその名前《なまえ》が知《し》られる存在《そんざい》になりました。大学《だいがく》の卒業後《そつぎょうご》は、神奈川県横須賀《かながわけんよこすか》の海軍機関学校《かいぐんきかんがっこう》に英語《えいご》の教師《きょうし》として勤務《きんむ》しながら創作《そうさく》を続《つづ》け、流行作家《りゅうこうさっか》としての地位《ちい》を確立《かくりつ》しました。後《のち》に発表《はっぴょう》される「保吉《やすきち》もの」と呼《よ》ばれる自身《じしん》をモデルにした作品群《さくひんぐん》はこの頃《ころ》の体験《たいけん》を素《そ》材《ざい》にしていますが、虚構《きょこう》も多《おお》く、長《なが》く文壇《ぶんだん》の主流《しゅりゅう》にある「私小説《わたくししょうせつ》」とは異《こと》なる文学観《ぶんがくかん》を芥川《あくたがわ》が持《も》っていたことが理解《りかい》されます。芥川《あくたがわ》は、「私小説《わたくししょうせつ》」の方法《ほうほう》を逆手《さかて》にとった創作《そうさく》を試《こころ》みた作家《さっか》の一人《ひとり》なのです。

一九一九（大正八《たいしょう》）年《ねん》、大阪毎日新聞社特別社員《おおさかまいにちしんぶんしゃとくべつしゃいん》として入社《にゅうしゃ》し、専業作家《せんぎょうさっか》としての活躍《かつやく》を始《はじ》めます。新聞《しんぶん》に作品《さくひん》を発表《はっぴょう》するだけでなく、知《し》り合《あ》いの作家《さっか》たちに原稿《げんこう》を依頼《いらい》したり、紙面《しめん》に「文芸欄《ぶんげいらん》」を設《もう》けたりし、当時《とうじ》の文壇《ぶんだん》の核《かく》になることを提案《ていあん》しました。創作《そうさく》を熱心《ねっしん》に行《おこな》うかたわら、一九二一（大正一〇《たいしょう》）年《ねん》には、新聞社《しんぶんしゃ》の海外視察員《かいがいしさついん》として約《やく》四ヶ月間《げつかん》の中《ちゅう》国旅行《ごくりょこう》を行《おこな》いました。『支那游記《しなゆうき》』はその時《とき》の紀行《きこう》

俳友《はいゆう》の小澤碧童《おざわへきどう》、小穴隆一《おあなりゅういち》らと綴《つづ》った「游心帖《ゆうしんちょう》」の1冊《さつ》。俳句《はいく》や俳画《はいが》を楽《たの》しんだ。

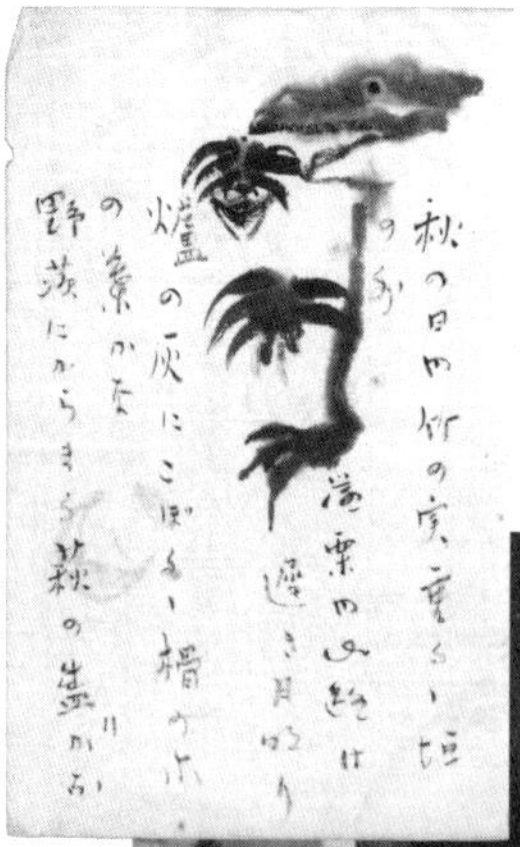

没後《ぼつご》に刊行《かんこう》された児童書《じどうしょ》『三《みっ》つの寶《たから》』。

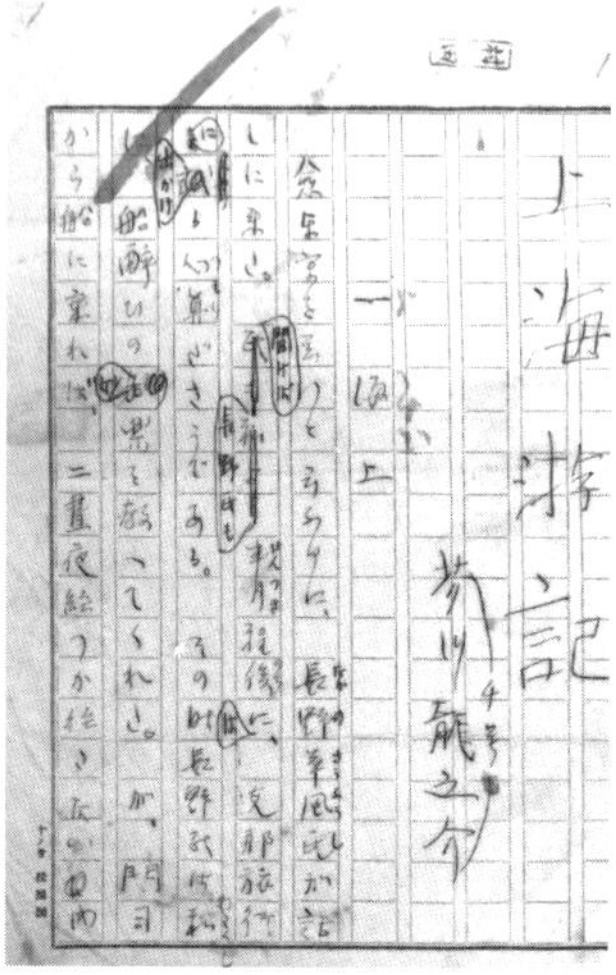

中国旅行《ちゅうごくりょこう》（1921 年《ねん》）の紀行文《きこうぶん》「上海游記《しゃんはいゆうき》」原稿《げんこう》。

田端《たばた》の書斎《しょさい》「我鬼窟《がきくつ》」にて（1921 年撮影《ねんさつえい》）。

文《ぶん》で、中国《ちゅうごく》への強《つよ》い憧《あこが》れを読《よ》むこともできますが、一方《いっぽう》で、毛沢東《もうたくとう》が中国共産党《ちゅうごくきょうさんとう》を立《た》ち上《あ》げる前夜《ぜんや》にあたる激動《げきどう》の中国大陸《ちゅうごくたいりく》の様子《ようす》などにも眼《め》を向《む》けていて、この時代《じだい》の貴重《きちょう》な記録《きろく》ともなっています。

ところで、芥川文学《あくたがわぶんがく》は、「地獄変《じごくへん》」や「藪《やぶ》の中《なか》」などの王朝期《おうちょうき》を舞台《ぶたい》にした「王朝《おうちょう》もの／今昔《こんじゃく》もの」、「杜子春《とししゅん》」や「蜘蛛《くも》の糸《いと》」などの「児童文学《じどうぶんがく》」、「奉教人《きょうにん》の死《し》」や「邪宗門《じゃしゅうもん》」などキリスト教《きょう》を素材《そざい》にした「切支丹《きりしたん》もの」、「雛《ひな》」や「舞踏会《ぶとうかい》」などの明治時代初頭《めいじじだいしょとう》を描《えが》いた「開化期《かいかき》もの」、そして自身《じしん》をモデルとした「保吉《やすきち》もの」などのさまざまな文学《ぶんがく》ジャンルを行《い》き来《き》して虚構《きょこう》の構築《こうちく》、作品世界《さくひんせかい》の創造《そうぞう》を果《は》たしたことに第一《だいいち》の特徴《とくちょう》が見《み》られます。それらの作品《さくひん》は、広《ひろ》く深《ふか》い知識《ちしき》や思考《しこう》などの教養《きょうよう》に根《ね》ざしたところから生《う》み出《だ》されています。東京都目黒区《とうきょうとめぐろく》の駒場《こまば》にある日本近代文学館《にほんきんだいぶんがくかん》には、芥川《あくたがわ》が求《もと》め、読《よ》んだ多《おお》くの書籍《しょせき》が「芥川龍之介文庫《あくたがわりゅうのすけぶんこ》」として所蔵《しょぞう》され、一般《いっぱん》に公開《こうかい》されています。これらの書物《しょもつ》からは、古今東西《ここんとうざい》の「知《ち》」を自《みずか》らの内《うち》に取《と》り込《こ》もうとする芥川《あくたがわ》の姿《すがた》

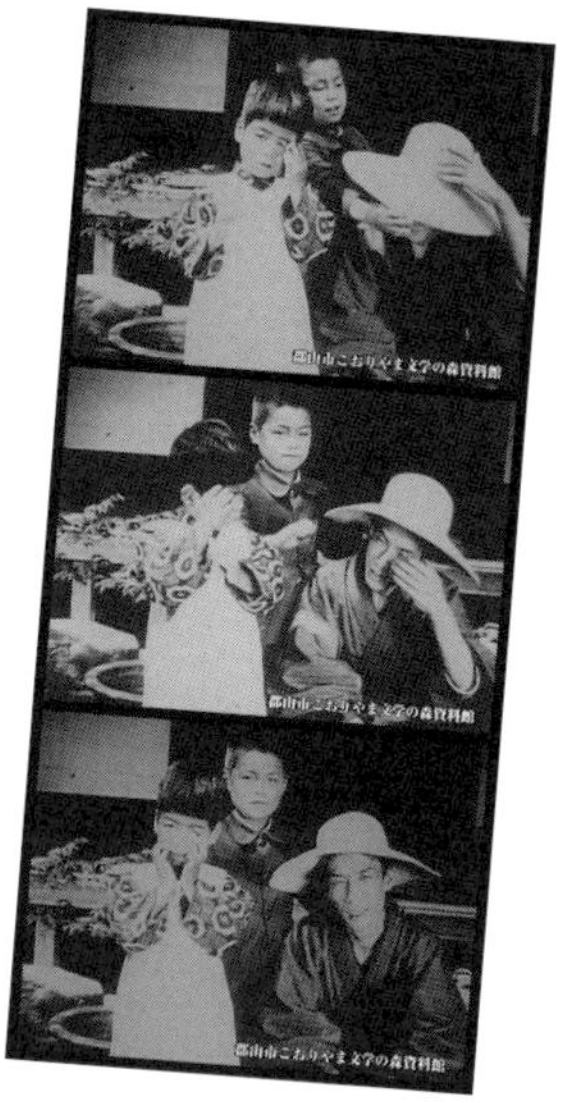

田端《たばた》の家《いえ》で長男《ちょうなん》比呂志《ひろし》、二男《じなん》多加志《たかし》と共《とも》に。映画《えいが》『現代日本文学巡礼《げんだいにほんぶんがくじゅんれい》』（改造社《かいぞうしゃ》、1927年《ねん》）より。

神奈川県湯河原温泉《かながわけんゆがわらおんせん》にて、小澤碧童《おざわへきどう》（左《ひだり》）、南部修太郎《なんぶしゅうたろう》（中央《ちゅうおう》）と共《とも》に（1921年《ねん》10月《がつ》）。

が浮《う》かび上《あ》がってくるのです。

さて、中国旅行《ちゅうごくりょこう》から帰国《きこく》した芥川《あくたがわ》は体調《たいちょう》の不良《ふりょう》を訴《うった》えることが多《おお》くなり、作品《さくひん》の傾向《けいこう》も暗《くら》く陰鬱《いんうつ》な雰《ふん》囲気《いき》を醸《かも》し出《だ》すものが増《ふ》えてきました。晩年《ばんねん》には「玄鶴山房《げんかくさんぼう》」や「河童《かっぱ》」など、作者《さくしゃ》の心象風景《しんしょうふうけい》が投《とう》影《えい》されていると読《よ》まれる作品《さくひん》も多《おお》くあります。しかしながら、そのように単純《たんじゅん》には言《い》い切《き》れない、そこにこそ作家芥川龍之介《さっかあくたがわりゅうのすけ》の文学的戦略《ぶんがくてきせんりゃく》を認《みと》めることができるかも知《し》れません。芥川《あくたがわ》は一九二七（昭和《しょうわ》二）年《ねん》七月《がつ》二四日未明《かみめい》に自《みずか》ら命《いのち》を絶《た》つのですが、その死《し》さえも「作家芥川龍之介《さっかあくたがわりゅうのすけ》」を時代《じだい》に刻印《こくいん》する営《いとな》みの一《ひと》つと見《み》ることができるからです。その命日《めいにち》は「芥《あくた》川龍之介忌《がわりゅうのすけき》」、「澄江堂忌《ちょうこうどうき》」、「我鬼忌《がきき》」などとも呼《よ》ばれてきましたが、最近《さいきん》では「河童忌《かっぱき》」という呼称《こしょう》が一般的《いっぱんてき》になりました。二〇二七（令和《れいわ》九）年《ねん》には、亡《な》くなってから百年目《ひゃくねんめ》の「河童忌《かっぱき》」が訪《おとず》れます。

解説《かいせつ》

……………… 庄司達也《しょうじたつや》

蜘蛛《くも》の糸《いと》

一九一九（大正《たいしょう》八）年《ねん》七月《がつ》に児童《じどう》雑誌《ざっし》『赤《あか》い鳥《とり》』に発表《はっぴょう》されました。ポール・ケーラスの書《か》いた「カルマ」（「因果《いんが》の小車《おぐるま》」）という作品《さくひん》が元《もと》になっています。芥川《あくたがわ》は「カルマ」には無《な》かった極楽《ごくらく》の情景《じょうけい》を詳《くわ》しく書《か》き加《くわ》え、助《たす》かりたいと願《ねが》う犍陀《かんだ》多《た》とそれを見《み》つめるお釈迦様《しゃかさま》の二人《ふたり》の世界《せかい》の物語《ものがたり》として作《つく》り替《か》えました。「蜘蛛《くも》の糸《いと》」の物語《ものがたり》は、蓮《はす》の葉《は》が美《うつく》しく明《あか》るい極楽《ごくらく》と血《ち》の池《いけ》や針《はり》の山《やま》が恐《おそ》ろしく暗《くら》い地獄《じごく》という二《ふた》つの世界《せかい》の対比《たいひ》を通《とお》して描《えが》かれたのです。

自分《じぶん》が助《たす》かるためには他人《ひと》はどうなっても良《よ》いという犍陀多《かんだた》のような考《かんが》え方《かた》。そして、お釈迦様《しゃかさま》のようにふとしたことをきっかけとして他人《ひと》を助《たす》けようとする思《おも》い。私《わたし》たちの心《こころ》の中《なか》の相反《あいはん》する二《ふた》つの姿《すがた》を見《み》つめてみることも大切《たいせつ》です。

トロッコ

一九二二（大正《たいしょう》一一）年《ねん》三月《がつ》、大人《おとな》向《む》けの総合雑誌《そうごうざっし》『大観《たいかん》』に発表《はっぴょう》されました。

作家《さっか》になろうと妻《つま》や子供《こども》を連《つ》れて東京《とうきょう》に出《で》て来《き》た男性《だんせい》が、時折《ときおり》思《おも》い出《だ》す、幼《おさな》い日《ひ》の出来事《できごと》が描《えが》かれています。この作品《さくひん》は、舞台《ぶたい》となっている神奈川県湯河原町《かながわけんゆがわらまち》出身《しゅっしん》の力石平蔵《ちからいしへいぞう》というお弟子《でし》さんから得《え》た材料《ざいりょう》を素《もと》にしています。作家《さっか》の三島由紀夫《みしまゆきお》は、良平《りょうへい》の体験《たいけん》を「誰《だれ》の幼年時代《ようねんじだい》にもあるもの」と言《い》って高《たか》い評価《ひょうか》を与《あた》え、作家《さっか》の井上靖《いのうえやすし》は、家《いえ》までの遠《とお》い道筋《みちすじ》として描《えが》かれている上《のぼ》り坂《ざか》や下《くだ》り坂《ざか》、美《うつく》しい風景《ふうけい》や暗《くら》い森《もり》が「人生《じんせい》の象徴《しょうちょう》としてうまく取《と》り扱《あつか》われている」と述《の》べています。一所懸命《いっしょけんめい》に走《はし》ってきた良平《りょうへい》の後悔《こうかい》と心細《こころぼそ》さが、夕暮《ゆうぐ》れが迫《せま》る時間《じかん》の中《なか》で一層切《いっそうせつ》なく感《かん》じられるのです。

鼻《はな》

一九一六（大正《たいしょう》五）年《ねん》二月《がつ》、夏目《なつめ》漱石先生《そうせきせんせい》に作品《さくひん》を読《よ》んで貰《もら》おうと仲間《なかま》たちと刊行《かんこう》した雑誌《ざっし》『新思潮《しんしちょう》』の創刊号《そうかんごう》に発表《はっぴょう》された作品《さくひん》です。

「鼻《はな》」を読《よ》んだ漱石《そうせき》は、「落着《おちつき》があって巫山戯《ふざけ》ていなくって自然其儘《しぜんそのまま》の可笑味《おかしみ》がおっとり出《で》ている所《ところ》に上品《じょうひん》な趣《おもむき》がある」と絶賛《ぜっさん》。この言葉《ことば》が文壇《ぶんだん》を駆《か》け巡《めぐ》り、芥川《あくたがわ》を一躍人気作家《いちやくにんきさっか》に押《お》し上《あ》げました。

物語《ものがたり》の筋《すじ》は、『今昔物語集《こんじゃくものがたりしゅう》』の「池尾禅珍内供鼻語《いけのおのぜんちんないぐばなのこと》」や『宇治拾遺物語《うじしゅういものがたり》』の「鼻長《はななが》き僧《そう》の事《こと》」から着想《ちゃくそう》を得《え》ています。それを「傍観者《ぼうかんしゃ》の利《り》己主義《こしゅぎ》」という近代《きんだい》の知識人《ちしきじん》が好《この》むような言葉《ことば》を使《つか》う「語《かた》り手《て》」に語《かた》らせ、「読者《どくしゃ》」に「自分《じぶん》」を、そして自分《じぶん》というものの「在《あ》り方《かた》」を見《み》つめ考《かんが》えさせる、「単《たん》なる歴史小説《れきししょうせつ》ではない」作品《さくひん》へと作《つく》り替《か》えたのです。

蜜柑《みかん》

一九一九（大正《だいしょう》八）年《ねん》五月号《がつごう》の雑誌《ざっし》『新潮《しんちょう》』に、「沼地《ぬまち》」という作品《さくひん》と一緒《いっしょ》に「私《わたくし》の出遇《であ》った事《こと》」という題《だい》で発表《はっぴょう》されました。

作品《さくひん》が発表《はっぴょう》される直前《ちょくぜん》まで、芥川《あくたがわ》は横須賀《よこすか》の海軍機関学校《かいぐんきかんがっこう》に英語《えいご》の先生《せんせい》として勤《つと》めており、列車《れっしゃ》で鎌倉《かまくら》から通《かよ》っていました。そこから主人公《しゅじんこう》「私《わたし》」が芥川《あくたがわ》に重《かさ》ねて読《よ》まれていて、「沼地《ぬまち》」で描《えが》かれた芸術家《げいじゅつか》イメージや「疲労《ひろう》と倦怠《けんたい》」で憂鬱《ゆううつ》になっている姿《すがた》を「作家芥川龍之介《さっかあくたがわりゅうのすけ》」として印象《いんしょう》づけようとする作者《さくしゃ》の狙《ねら》いを読《よ》む見方《みかた》が出《だ》されています。

ところで、作品《さくひん》の舞台《ぶたい》である列車《れっしゃ》内《ない》の様子《ようす》や蜜柑《みかん》を投《な》げ与《あた》えた踏切《ふみきり》の場所《ばしょ》、当時《とうじ》の時刻表《じこくひょう》などを調《しら》べて実際《じっさい》の舞台空間《ぶたいくうかん》を空想《くうそう》の中《なか》で再現《さいげん》し、追体験《ついたいけん》することも、この作品《さくひん》の楽《たの》しみ方《かた》の一《ひと》つになるのです。

羅生門《らしょうもん》

一九一五（大正《たいしょう》四）年《ねん》一一月《がつ》に、東京帝国大学文科大学《とうきょうていこくだいがくぶんかだいがく》の雑誌《ざっし》『帝国文学《ていこくぶんがく》』に投稿《とうこう》して発表《はっぴょう》されました。

ノートや草稿《そうこう》などの下書《したが》きが多《おお》く残《のこ》されていて、そこには「交野五郎《かたのごろう》」や「交野八郎《かたのはちろう》」、「交野平六《かたのへいろく》」、「一人《ひとり》の侍《さむらい》」などとあり、主人公《しゅじんこう》の設定《せってい》が初《はじ》めから「下人《げにん》」と決《き》まっていたのではないことがわかります。また、「下人《げにん》の行方《ゆくえ》は、誰《だれ》も知《し》らない」という末尾《まつび》の一文《いちぶん》も、二度《にど》書《か》き換《か》えられて生《う》まれました。そこから、作品《さくひん》の完成《かんせい》に向《む》けた芥川《あくたがわ》の並々《なみなみ》ならぬ姿勢《しせい》が理解《りかい》されることでしょう。

〝Sentimentalisme《サンティマンタリスム》〟とフランス語《ご》を使《つか》い、「旧記《きゅうき》」など古《ふる》い書物《しょもつ》を読《よ》む近代知識人的《きんだいちしきじんてき》な「語《かた》り手《て》」の設定《せってい》からは、善悪《ぜんあく》や考《かんが》えが一定《いってい》せず、直前《ちょくぜん》の事柄《ことがら》に反応《はんのう》する愚《おろ》かな「下人《げにん》」の物語《ものがたり》との読《よ》み方《かた》も出《だ》されています。

仙人《せんにん》

一九二二（大正《たいしょう》一一）年《ねん》四月《がつ》二日《か》号《ごう》に発行《はっこう》された『サンデー毎日《まいにち》』の創刊号《そうかんごう》に、題名《だいめい》の傍《かたわ》らに「オトギバナシ」と書《か》かれて発表《はっぴょう》されました。

この話《はなし》は江戸時代《えどじだい》に出版《しゅっぱん》された『可笑記《かしょうき》』や『講談浮世袋《こうだんうきよぶくろ》』にも見《み》られるものですが、友人《ゆうじん》である画家《がか》の小穴隆一《おあなりゅういち》さんから教《おそ》わった話《はなし》であることも知《し》られています。また、創作《そうさく》のためのメモを書《か》きためた『手帳《てちょう》』にも、「仙人《せんにん》の松《まつ》に上《のぼ》り登天《とてん》の話《はなし》」との記述《きじゅつ》が残《のこ》されています。

最後《さいご》に登場《とうじょう》する「淀屋辰五郎《よどやたつごろう》」は、一七〇〇年代初頭《ねんだいしょとう》に実在《じつざい》した大阪《おおさか》の豪商《ごうしょう》です。ケチな医者夫婦《いしゃふうふ》のことではなく、権助《ごんすけ》が飛《と》び立《た》った松《まつ》を自《みずか》らの屋敷《やしき》の庭《にわ》に移《うつ》した豪商《ごうしょう》の辰五郎《たつごろう》の逸話《いつわ》を結末《けつまつ》で紹介《しょうかい》する作者《さくしゃ》の意図《いと》を考《かんが》えることも、この作品《さくひん》の楽《たの》しみ方《かた》の一《ひと》つとなるでしょう。

舞踏会《ぶとうかい》

一九二〇（大正《たいしょう》九）年《ねん》一月《がつ》、文芸《ぶんげい》雑誌《ざっし》の『新潮《しんちょう》』に発表《はっぴょう》されました。

作品《さくひん》に登場《とうじょう》するフランスの海軍将校《かいぐんしょうこう》で作家《さっか》のピエール・ロティが日本《にほん》滞在時《たいざいじ》の経験《けいけん》を描《えが》いた「江戸《えど》の舞踏会《ぶとうかい》」が、この作品《さくひん》の素材《そざい》になっています。実際《じっさい》に催《もよお》された鹿鳴館《ろくめいかん》での舞踏会《ぶとうかい》に出席《しゅっせき》したロティは、先進国《せんしんこく》の優越《ゆうえつ》した視線《しせん》を持《も》っており、後進国《こうしんこく》日本《にっぽん》の現状《げんじょう》を厳《きび》しく眼差《まなざ》して描《えが》いています。それに対《たい》して芥川《あくたがわ》は、三十数年後《すうねんご》の老《お》いた今《いま》でも少女《しょうじょ》の日《ひ》の「美《うつく》しく大切《たいせつ》な想《おも》い出《で》を語《かた》る老女《ろうじょ》の物語《ものがたり》」に作《つく》り替《か》えたのです。

雑誌《ざっし》に発表《はっぴょう》した時《とき》には将校《しょうこう》をロティと知《し》る「Ｈ老夫人《エイチろうふじん》」としましたが、『夜来《やらい》の花《はな》』という本《ほん》に収《おさ》めた時《とき》にはそのことを知《し》らぬ形《かたち》に改変《かいへん》しました。「明子《あきこ》」の思《おも》い出《で》は美《うつく》しいまま残《のこ》されることになったのです。

白《しろ》

一九二三（大正《たいしょう》一二）年《ねん》八月《がつ》の『女性改造《じょせいかいぞう》』に発表《はっぴょう》された、芥川《あくたがわ》の児童文学作品《じどうぶんがくさくひん》としては最後《さいご》のもの。

友人《ゆうじん》「黒《くろ》」を見殺《みごろ》しにしてその場《ば》を逃《のが》れた罪意識《つみいしき》とその罪《つみ》への贖《あがな》いを描《えが》くその展開《てんかい》は明解《めいかい》で、芥川《あくたがわ》の作品《さくひん》にしては珍《めずら》しく健康的《けんこうてき》です。

贖罪《しょくざい》のために活躍《かつやく》する場所《ばしょ》は、都会《とかい》や軽井沢《かるいざわ》などの避暑地《ひしょち》という当時《とうじ》のモダンな空間《くうかん》が選《えら》ばれており、また、日本《にほん》アルプスで助《たす》けられる第一高等学校《だいいちこうとうがっこう》の生徒《せいと》は東京《とうきょう》のエリート学生《がくせい》たちです。飼《か》い主《ぬし》たちが住《す》む家《いえ》も郊外《こうがい》の「文化住宅《ぶんかじゅうたく》」です。

子供《こども》たちに直接的《ちょくせつてき》に与《あた》える児童文学作品《じどうぶんがくさくひん》ということよりも、この物語《ものがたり》を子供《こども》たちに読《よ》み聞《き》かせる親御《おやご》さんたちの嗜好《しこう》を意識《いしき》して用意《ようい》された作品《さくひん》なのではないだろうか、との見方《みかた》も出《だ》されています。

魔術《まじゅつ》

一九二〇（大正九《たいしょう》）年《ねん》一月《がつ》に、「蜘《く》蛛《も》の糸《いと》」の発表誌《はっぴょうし》と同《おな》じ『赤《あか》い鳥《とり》』に発表《はっぴょう》されました。

芥川《あくたがわ》と同《おな》じ時代《じだい》に活躍《かつやく》した谷崎潤《たにざきじゅん》一郎《いちろう》の「ハッサン・カンの妖術《ようじゅつ》」に素材《そざい》を求《もと》めた作品《さくひん》で、創作《そうさく》というよりもパロディのような趣《おもむき》があるとも言《い》われています。

金銭欲《きんせんよく》を持《も》つことで妖術《ようじゅつ》を手《て》に入《い》れられなかった「私《わたし》」ですが、同《おな》じように問《と》いを掛《か》けられて、「お母《かあ》さん」と一声《ひとこえ》あげて命《いのち》を救《すく》われ、桃花《とうか》が美《うつく》しい里《さと》の家《いえ》を手《て》に入《い》れた「杜《と》子《し》春《しゅん》」との違《ちが》いが面白《おもしろ》く感《かん》じられます。また、主人公《しゅじんこう》がふと気《き》が付《つ》くと作中《さくちゅう》で経験《けいけん》していたことはたかだか二、三分《ぶん》の間《あいだ》の夢《ゆめ》のようなことだったというのは、一九一七（大正六《たいしょう》）年《ねん》に発表《はっぴょう》された「黄粱夢《こうりょうのゆめ》」という作品《さくひん》とも共通《きょうつう》している結末《けつまつ》です。

杜子春《とししゅん》

一九二〇（大正九《たいしょう》）年《ねん》七月《がつ》に、『赤《あか》い鳥《とり》』に発表《はっぴょう》されました。

中国《ちゅうごく》の唐《とう》の時代《じだい》の作品《さくひん》「杜子春《とししゅん》伝《でん》」が原作《げんさく》ですが、河西信三《かわにししんぞう》という人《ひと》に宛《あ》てた手紙《てがみ》の中《なか》で「話《はなし》は2/3以《い》上創作《じょうそうさく》に有之候《ゆうこれそうろう》」と伝《つた》えています。「杜子春伝《とししゅんでん》」では無言《むごん》の行《ぎょう》についていた主人公《しゅじんこう》が結末《けつまつ》で「愛《あい》」の情《じょう》ゆえに声《こえ》を発《はっ》してしまい叱咤《しった》されたのに対《たい》して、芥川《あくたがわ》の「杜子春《とししゅん》」は声《こえ》を発《はっ》したことによって世間的《せけんてき》な意味《いみ》での幸福《こうふく》を手《て》に入《い》れることになります。また、この杜子春《とししゅん》が声《こえ》を発《はっ》する展開《てんかい》に、実母《じつぼ》を病《やまい》のために遠《とお》ざけられた芥川《あくたがわ》の「母恋《ははこい》」の物語《ものがたり》と読《よ》む見方《みかた》もあります。

平凡《へいぼん》な人情《にんじょう》、世間的《せけんてき》な道徳《どうとく》に結末《けつまつ》を求《もと》めているとしながらも、そこに芥川《あくたがわ》の倫理的《りんりてき》な性格《せいかく》を見《み》る読《よ》み方《かた》も出《だ》されているのです。

芥川龍之介

1892年東京生まれ。東京帝国大学英文科卒。在学中に夏目漱石の門下生となり、「鼻」が漱石の激賞を得た。その後、「地獄変」「藪の中」などの王朝期を舞台にした王朝もの、中国の逸話によった童話「杜子春」、キリスト教を題材にした「切支丹もの」などを次々と発表し、文壇の寵児となる。西欧の短編小説の手法・様式に多くを学び、さまざまな文学ジャンルを行き来して、傑作を多数生みだした。1927年7月自ら命を絶つ。「歯車」「或阿呆の一生」などの遺稿が遺された。

福田利之

イラストレーター。大阪生まれ。大阪芸術大学グラフィックデザイン科卒業。株式会社SPOONにて佐藤邦雄に師事した後、独立し、イラストレーターとしての活動を始める。広告、CDジャケット、絵本、雑貨、テキスタイル制作など、幅広く手掛けている。主な著書に『くりさぶろう』（ケンエレブックス）、『福田利之作品集』（玄光社）『あのこはね』（ポプラ社）など多数。2020年から東京と徳島の2拠点にアトリエを構える。

庄司達也

横浜市立大学教授。東海大学大学院文学研究科博士課程後期単位取得退学。東京成徳大学教授を経て現職。日本の近代文学を専攻。芥川龍之介の〈人〉と〈文学〉が主たる研究テーマ。近年は、作家が聴いた音楽を蓄音機とSPレコードで再現するコンサートの企画・開催にも携わる。主要な業績に、『芥川龍之介ハンドブック』（編著、鼎書房）、『日本文学コレクション　芥川龍之介』（共編著、翰林書房）、『芥川龍之介全作品事典』（共編著、勉誠出版）などがある。

100年読み継がれる名作
芥川龍之介短編集
蜘蛛の糸・羅生門など

発行日　2024年12月30日　初版第1刷発行

著――芥川龍之介
絵――福田利之
監修――庄司達也
発行者――岸 達朗
発行――株式会社世界文化社
〒102-8187
東京都千代田区九段北四-二-二九
電話　03（3262）6632（編集部）
03（3262）5115（販売部）
印刷・製本――TOPPANクロレ株式会社

ISBN978-4-418-24836-0

写真提供・協力
田端文士村記念館／郡山市こおりやま文学の森資料館／山梨県立文学館／日本近代文学館／国立国会図書館「近代日本人の肖像」
(https://www.ndl.go.jp/portrait/)

装丁　阿部美樹子　　編集協力　石川千歳